COLECCIÓN C

Colusa County Free Library

3 0738 00023 8609

D102305Z

COLECCIONES

Ejecutiva
Superación personal
Salud y belleza
Familia
Literatura infantil y juvenil
Con los pelos de punta
Pequeños valientes
¡Que la fuerza te acompañe!
Juegos y acertijos
Manualidades
Cultural
Espiritual
Medicina alternativa
Computación
Didáctica
New Age
Esoterismo
Humorismo
Interés general
Compendios de bolsillo
Aura
Cocina
Tecniciencia
VISUAL
Arkano
Extassy

099324

Mónica Lavín
(compiladora)

Atrapadas en la escuela

"Funded by
LSTA Young Adult Grant"

SELECTOR
actualidad editorial

COLUSA COUNTY FREE LIBRARY

Doctor Erazo 120
Colonia Doctores   Tel. 55 88 72 72
México 06720, D.F.   Fax: 57 61 57 16

ATRAPADAS EN LA ESCUELA

Diseño de portada: Carlos Varela

Copyright © 1999, Selector S.A. de C.V.
Derechos de edición reservados para el mundo

ISBN: 970-643-220-5

01B632

Primera edición: Noviembre de 1999

Atrapadas en la escuela
Tipografía: *Paideia*
Negativos: *Reprofoto S.A.*
Esta edición se imprimió en noviembre de 1999,
en *Editores, Impresores Fernández*, Retorno # 7 de
Sur 20 # 23, México D.F., C.P. 08500

Características tipográficas aseguradas conforme a la ley.
Prohibida la reproducción parcial o total de la obra
sin autorizacción de los editores.
Impreso y encuadernado en México.
Printed and bound in Mexico.

Contenido

Introducción

Guardo fiel y entrañable memoria de los libros que leí cuando no sólo había entrado a la secundaria y su mundo de muchas materias, maestros, y muchachos a quien mirar sino que toda yo había cambiado, o casi toda yo. Mi cuerpo era otro, mi ánimo también, disfrutaba a mis amigas, quería que mis padres me estorbaran lo menos posible y tenía el enorme deseo de saber quién era esa "yo" que me había salido al paso. Leer, sobre todo libros donde las mujeres eran personajes principales, me entusiasmaba. Las tardes y los domingos con su insoportable levedad —como acertadamente dice ahora un programa de radio— eran más digeribles con las páginas entre las manos, me sentía menos sola y con un mundo personal más rico.

Por eso cuando Antonio Hernández Estrella, después de los muchos lectores que ha tenido la colección de cuentos coordinada por Beatriz Escalante y José Luis Morales con sugerente título *Atrapados en la escuela*, me propuso hacer una convocatoria similar para que escritoras mexicanas escribieran relatos afines a los años de la secundaria, la idea literalmente

me atrapó. Las colegas con quienes hablé se contagia-
ron del entusiasmo por llegar a los lectores jovenci-
tos, los "temibles" e "incomprendidos" muchachos y
muchachas de secundaria.

En México las mujeres escritoras somos herederas
del camino que abrieron Rosario Castellanos, Inés
Arredondo, Guadalupe Dueñas, Amparo Dávila; na-
rradoras de gran fuerza que comenzaron a publicar en
la mitad del siglo. Ahora somos mucho más las escritoras empeñadas por contar historias, por que los sueños encuentren destinatarios por vía de la palabra, por
crear mundos alternativos que permitan encarar más
la complejidad de la condición humana.

En *Atrapadas en la escuela* una docena de escritoras mexicanas pertenecientes a diversas generaciones,
oriundas también de diversas partes del país y con tra-
yectorias y experiencias diferentes, pero todas ellas
con un reconocido prestigio en la literatura contemporánea, han —hemos— escrito cuentos desde la secundaria o alrededor de la edad en la que se cursa la
secundaria. Los cuentos se refieren a esos años
iniciáticos desde muy diversas perspectivas, con re-
cursos narrativos distintos y versan sobre asuntos todos
ellos en primera fila, en la adolecencia. La menstruación, la chica que se da cuenta de que le gusta al maestro, la muerte de un compañero, el muchacho que se
disputan dos amigas, la cercanía de la violencia, el
enamoramiento de un muchacho por la maestra, los

cambios que ocurren día a día, la música y el despertar del deseo, el ciberespacio donde se confunden los personajes, la rebeldía escolar y la seducción de la fantasía creativa hasta la pesadilla del alcoholismo, todos están presentes.

Los cuentos no se abocan exclusivamente a los temas más suaves y candorosos de esos años sino que abordan con el estreno de la mirada la realidad circundante. Como siempre la literatura muestra, no juzga, y los textos tratan con respeto e inteligencia a los lectores a los que están destinados.

En dos de estos cuentos el diario personal es el recurso narrativo. Ethel Krauze pone en pluma de Mariana que va a cumplir trece años sus aparentes pequeños cambios, mientras que Berta Hiriart cuenta la pesadilla de una hipotética muchacha que aspira a ser periodista y que vive el drama de Smalltown, Colorado. La mayoría de las historias se ubican en este tiempo pero Verónica Murguía, con su conocimiento del medievo, sus mitos y escenarios, relata la relación de María y su maestro en tiempos feudales. María Luisa Puga da cuenta de una irremediable desolación ante la muerte. Alejandra Rangel, utiliza a la computadora y el juego de personajes donde se confunden el mundo real y el virtual; Beatriz Espejo, cuentista reconocida con el Premio Nacional de Cuento San Luis Potosí, narra con fineza el poder de seducción, desde el pupitre escolar, de una hermosa estudiante de secundaria sobre el maestro; Rosina Conde, bajacaliforniana, reta a la imaginación cuando una de las chicas logra entusiasmar a las compañeras y la propia maestra con un cuento. Nuria Armengol, oriunda de San Luis Potosí, acesta con valentía en un tema esencial de la adolescencia: la menstruación, sus mitos y verdades. Lo amoroso toca a los cuentos de Ana García Bergua donde un muchacho se entusiasma hasta el ridículo por la maestra; Anamari Gomís hace honor con La portada del Sargento Pimienta a la canción de los Beatles que acompaña los primeros escarceos amorosos y yo añado el dilema de la traición entre amigas cuando de amores se trata. Edmée Pardo aborda uno de los temas más punzantes y peligrosos de los años de los titubeos existenciales: el alcohol como consuelo y refugio de la soledad.

Lecturas divertidas, dolorosas, pero sobre todo cercanas, creíbles, capaces de atraparnos para retornarnos al mundo —como decía el escritor argentino Julio Cortázar— con una mirada distinta.

Después de *Atrapadas en la escuela*, se antoja compartir y hablar temas entrañables o difíciles, los jóvenes y los padres o maestros encontrarán compañía y confrontación. Es nuestro deseo.

MÓNICA LAVÍN

Mariana
de doce a trece

Ethel Krauze

Ethel Krauze nació en la ciudad de México en 1954. Estudió literatura en la Universidad Nacional Autónoma de México. Es autora de 17 libros entre novelas, cuentos, poemas, guiones, teatro, crónica y ensayo. Entre sus títulos recientes figuran *Infinita*, *Mujeres en Nueva York* (novelas); *Juan* (poesía) y *Relámpagos* (cuentos). Su obra *Cómo acercarse a la poesía* es texto oficial en salas de lectura para la educación media superior. Aparece en numerosas antologías nacionales y extranjeras. Parte de su obra ha sido traducida a diversos idiomas. Ha creado una novedosa metodología para el diseño e impartición de cursos y talleres literarios. Hace periodismo escrito, y radio y televisión culturales.

Diciembre 22

Pienso en la secundaria y me pongo nerviosa. Ya ni andar en bici. Mi mamá dice que ya no me soporta, me paso el día probándome mi uniforme nuevo. Está divino: falda azul, camisa blanca y suéter guinda. Estoy haciendo bola todos los delantales, odio sus olanes de cuadritos. Y luego los quemo. Han sido lo peor de mi vida. ¡Mis cuadernos nuevos!, de un color diferente para cada materia. Ya voy a volver a ver a David.

Enero 2

Casi me muero: por fin en la formación con los de secundaria. Antes los veía a todos grandes, diciéndose secretos. Me veía mis olanes y me daban ganas de salir corriendo quién sabe a dónde. Entramos al salón, y el maestro de álgebra —qué bonita palabra, ¿qué será?— nos dijo "Buenos días, jóvenes", ¡jóvenes! Sentí mi banca yéndose hasta el sótano, y luego dando vueltas y vueltas, me agarré de la mesa y ya estaban con el dictado, me puse a copiarlo del pizarrón, la boca seca, las manos heladas. ¡Qué felicidad!

Enero 3

¡Lo vi con mis propios ojos!: más grande y más guapo. Me puse como jitomate. Pero la maestra de historia es pavorosa, habla como perico, manotea y le rebota la panza. Ya nos amenazó de muerte por los trabajos que nos va a dejar. Así es la vida: nada puede ser perfecto. Siempre lo anda diciendo mi mamá. Y ya me fijé que es exactamente lo mismo que dice mi abuela Sara después de suspirar. Mi mamá no suspira, nomás lo dice. ¿Por qué es así la vida? Lo peor es que mi mamá siempre anda diciendo que debemos hacer las cosas a la perfección. Bueno, ya me dio sueño.

Enero 7

Hoy lo vi durante todo el recreo. Riendo con sus amigos. Me miró. Esa mirada jamás la olvidaré. Y esa risa que alegró mi corazón, tampoco jamás la olvidaré. Sentí frío, como cosquillas en la cabeza, me puse a platicar con Ilse dándole una mordida a mi torta. Me temblaban las quijadas. Era de pollo adobado, muy rico.

Enero 15

Yo creo que él ya sospecha. ¡Ay siento morirme cuando me ve! Sus ojos restallan de colores: unas veces son azules, otras verdes, otras cafés y oscuritos como las aceitunas, y otras veces son violeta. Todos son esplendorosos. Es un hombre inigualable. ¡Qué bonito es estar enamorada! ¡Quién pudiera salir disfrazada a buscarlo en la noche!, como dice el libro que mi mamá tiene en su buró, se llama *San Juan de la Cruz*.

Enero 21

Ilse y yo nunca nos peleamos, concordamos en todo. Los sábados voy a su casa, y luego en el deportivo espiamos a David. Siempre sueño con él, cerca de mí. Tengo que controlarme, me dan ganas de gritar al mundo "¡Te amo, David!". Pero no, siempre callada. En cambio Daniel sí puede, es hombre. Es lo que no me gusta de *María*, ella nunca dice nada aunque se esté muriendo. Me choca que la gente se muera en los libros. No sé lo que les hubiera pasado. En la vida nadie se muere, sólo los viejos. Pero sí es bonito porque relata un amor, el mismo amor que yo relato. Comprendo tan bien al escritor... ¡ese Jorge Isaac y yo sentimos idéntico!

Enero 30

Hoy llevaba David un suéter verde, brillaron sus bellos ojos, su piel morena, su negro pelo chino. En el taller de juguetería voy a hacer un pijamero. Ojalá me salga bonito y lo pongo en mi cama.

Febrero 4

La pavorosa maestra de historia nos hizo examen sorpresa. Me puso cuatro ceros. No se conforma con uno, tiene que poner un rosario, y con lápiz rojo. Se le transparenta la faja, se le ven los pelos de las piernas aplastados en las medias. Parecen gusanos. Nunca ha vivido un amor como el mío.

Febrero 10

A media clase me puse a pensar en que la pavorosa me sacaba del salón y entonces aparecía David y me besaba, pero Daniel lo veía todo y se peleaba con David. David sangraba y yo gritaba... y sonó el timbre. Ya no pude dejar de pensar en eso. ¿Por qué será? Me encanta que los hombres se peleen por mí. Pero nadie se pelea.

Febrero 15

Le pedí a Daniel que me consiguiera la foto de David. No se puso nada celoso. Tal vez porque es un gran hermano y comprende mi dolor. Le manda recaditos a Bety, pero Bety los rompe y los tira, se pone roja. Las del salón le hacen burla: ¡andar con uno tan viejo! Ya va en prepa. Luego me dice Bety en secreto que recoge los pedacitos y los pega; los lee y se pone como sandía, hasta le brotan más pecas.

Febrero 22

Le hablé por teléfono a David, y cuando contestó, colgué. Puedo jurar que él sabe quién es. No sé por qué corrí al baño y me encerré con llave. Mi papá golpeó la puerta, hasta dijo "¡Carajos!". Quién sabe por qué en el baño me siento segura.

Febrero 28

Algo me molesta mucho: David se empieza a llevar con una niña, Vicky Ortega. Es una presumida y coqueta, siempre donde hay hombres allí va ella. No quise comer y me encerré en el baño.

Marzo 3

¿Por qué lo hice? Que voy al cajón donde mi mamá guarda sus brasieres, que escojo uno viejo, con el resorte zafado, y me lo llevo al baño. También me llevé el costurerito. Y que me paso toda la tarde cosiéndolo para hacerlo chico. Me quedó como con muchos nudos. Me lo puse y se ve horroroso. Sudé como loca, como que me jalaban toda la piel. No sé cómo decirlo. A nadie en el mundo le voy a contar. Nunca. Mañana voy a ir con el brasier a la escuela. No me voy a quitar el suéter. ¿Estaré loca de algo muy malo?

Marzo 5

David se lleva cada vez más con Vicky. Ella no le conviene. Siento como sal en la boca.

Marzo 8

Me da mucha vergüenza lo del brasier. Ni a Ilse se lo dije. Ella no haría una cosa así, además está completamente plana. Yo no tanto. Pensar que mi mamá se entere, mejor me escapo a Japón, si no, me mete en un manicomio. Toda la culpa es de David.

Marzo 12

David y Vicky son novios. Me dan ganas de morirme. Ahora lo sé: mejor vivir sin amor que con dolor de amar. Corrí al baño y me quité el brasier, me quemaba. Lo vi en mis manos, mis manos se quemaban, mis lágrimas caían sobre el resorte. Eran lágrimas que me quemaban. Lo hice bola en la mochila. ¿Cómo se puede sufrir tanto? He decidido no ver más a David, olvidarlo por completo, esquivar su mirada, darle un bocado de su misma traición.

Marzo 15

Hoy no hubo clases, me aburrí demasiado.

Marzo 19

Ya acabé el pijamero. Está asqueroso. La maestra dice que quedó "simpático". Ya sé lo que esa palabra quiere decir. Mañana es el cumpleaños de mi papá. Le compré su juego completo de loción y crema de afeitar con mis ahorros de cuatro meses. Vamos a comer mole, pollo y arroz; me encanta. Ya no quiero seguir escribiendo. ¿Nunca va a cambiar mi vida? Lo mismo y lo mismo. ¡Ya estoy tan cansada!

Marzo 25

El peor día de mi vida. Fui la primera en llegar a la fiesta de Alina, con ansias esperaba a David. Llegó, y mi corazón brincó. Pero él salió a la puerta a esperar a su novia Vicky, y luego todo el tiempo estuvieron juntos. El llanto me traicionó y me encerré en el baño. Tocaron, tuve que salir. Entonces me fui a la terraza con mis penas. Lloré todo lo que necesitaban. Y que las sillas empezaron a dar de vueltas, y en el cielo el crepúsculo dorado se me echaba encima. Grité de amor, mi garganta gritó su desespero y mis manos tapaban mi cara ardiente. El rock más pesado del mundo a todo volumen en la sala. Apareció el hermano de Alina, me preguntó que qué tenía, pero no me salían las palabras. Sentí sus brazos, me fue llevando a la recámara. No quería que me los quitara, sus brazos fuertes. Me acostó. Yo sentí que lo adoraba. Va en último de prepa. Llamó a su papá que es doctor, me tomó la calentura y puso caras inspeccionando el termómetro. Yo lloraba quedito, cada rato me tenía que sonar la nariz. Los papás de Alina me llevaron a mi casa. La fiesta seguía, ahora bailaban piezas calmadas de abrazarse. Mis papás se asustaron mucho, me metieron en la cama de ellos. Mi papá me daba té a cucharaditas, me pellizcaba la nariz y me decía "Mi niñita linda". Yo me sentía morir de vergüenza. Es que él no sabe cuál es mi enfermedad. A mi mamá ni verle la cara: me puso a Ernenek, mi esquimal de peluche, entre los brazos para que me cuidara. Yo me sentía mala, como ya perdida para siempre. Es muy noche y ellos están dormidos. Me vine al baño con mi diario. Me siento mucho muy cansada, me muero de frío. No sé qué va a ser de mi vida.

Abril 4

Jaime Ortiz se está portando muy amable conmigo. Hoy me dijo que si quería una revista, y que cómo estaba. Me prestó la revista. ¿Qué pasará? Mi mamá me dijo que a la boda de mi prima Raquel ya voy a llevar medias y me va a hacer un vestido. Mi papá me compró unas medias caladas, pero me caí y los agujeritos de las rodillas se abrieron como un ramo de ojos asustados. Sí me va a comprar otras. A escondidas me pinté los ojos para ver cómo me veo. En primera, espantosa; y en segunda, se siente muy feo. Yo nunca me pintaré, sólo la boca.

Abril 14

Ilse y yo nos pusimos minifalda. Mi papá no nos vio. Si nos ve yo no sé, porque el otro día que estábamos hablando de novios mi mamá y yo, él dio un puñetazo y rompió el cristal de la mesa. Mi mamá se enojó mucho. Luego él se fue dando un portazo, y ella me habló del amor. Sí, sí estoy enamorada de David: cuando lo veo mi corazón da un salto, se me seca la boca, me pongo a temblar y a sudar, como que me vuelvo tonta, no sé lo que digo. No digo nada, lo veo y lo veo. Ni lo oigo.

Abril 17

¡Soy la mujer más feliz de la tierra!: David y Vicky cortaron. Ahora sí me voy a aprovechar. Me estallan los nervios.

Abril 23

Tuve taller de cocina, me tocó lavar la estufa, qué
asco. Quedé batida y empapada. Le dije a Alina que
tengo novio y que se llama David y que mañana llevo
su anillo para que vea. Se lo creyó todo. Jaime me
habla cada vez más, me lleva la mochila al salón de
clases y de vuelta al camión. Pero David es mi existencia. Sus ojos son como dos estrellas que alumbran
mi vida. ¡Si pudiera yo querer a Jaime Ortiz!

Abril 29

Ya hace mucho que me hago esta pregunta: ¿a quién
se quiere más, a los padres o al esposo? Cuando cumpla veinte años me caso con David. Entonces sí lo voy
a saber. El amor tiene sus tiempos buenos y malos. Ya
pasé por los dos, qué bueno. Ahora no quiero ni pensar en los malos.

Mayo 8

Pasó algo que no sé ni cómo, de veras: en el deportivo David no se separó de la tal Vicky, y cuando me
vio puso una cara, pero una cara como de ironía horrible. Hirió mi alma. Ahora lo amo y lo odio a la vez.
Pienso que no soy bonita. Estoy llorando desde ayer
en la tarde. Fue desprecio. ¿Para qué me hago tonta?

Mayo 14

Jaime se me declaró y le dije que no sabía, que mañana le digo. Me siento rara, muy rara, como si no fuera yo. Me asusta escribir esto. La otra noche mi mamá me habló de muchas cosas, ya no me acuerdo bien, de cosas de la vida. Me dio mucho miedo la vida. También a Ana Frank le pasa eso, dice en su diario que se siente como que no sabe cómo. Hasta subrayé la página.

Mayo 19

Jaime me dijo que por favor ya le dijera, que ya no lo martirizara. Le dije que el lunes.

Mayo 23

Ahora sé por qué a mi mamá le gusta tanto la canción de *Yo sin ti*. Puse el disco y lo oí muchas veces. Me hizo llorar, habla del mar y las estrellas que pierden su esplendor si no esta él y de que no volveré a sonreir. Esa soy yo: "Un olmo seco, hendido por el rayo y en su mitad podrido...", y ninguna rama verde me ha salido, aunque lo diga el poeta.

Mayo 29

Lo que nunca imaginé que haría: alquilé en el videoclub *Dr. Zhivago*. Al principio en el entierro me dieron ganas de llorar. Yo nunca había visto uno, ni quiero volver a verlo. La metieron al hoyo, taparon la caja y le echaron la tierra.

¡Qué buena película! Y luego el lloradero fue sin parar. Me quedó un amor de montañas heladas y de girasoles, de versos abandonados en el viento del pasado. Me dormí como temblorosa, pensando que nunca más iba a ser de día.

Junio 4

Ilse y yo nos fuimos a patinar. Me caí mucho. Yo quería caerme, y cada vez un muchacho me levantaba. Más me caía. No sé por qué lo hago, siento que el corazón se me sale y como si me pasaran un hielo, de esos que queman, en toda la cabeza. No sé, pero ¿cómo lo digo?, siento como tentación de los hombres. A veces creo que a quien quiero es a Olmos, Esteban Olmos, uno de prepa, porque quiero que me agarre la cintura y que me agarre todo, pienso mucho en él. Es muy raro, casi no me acuerdo de David cuando me pongo así.

Junio 17

Hoy tuve examen de biología. Soy lo máximo. "Parénquima en empalizada". Me fascinó. Fui la única que lo supo. Luego a escoger el modelo de mi vestido, es de color durazno y sin mangas, con un moño precioso en el escote.

Junio 22

Estoy segura de que David se burla. Lo veo en sus ojos celestes y profundos. He decidido ya no más. En las noches me quedo pensando que somos novios, pero él es malo y yo le doy una cachetada. Veo su cara de un hombre ya como de veintitrés años. No se lo cuento a Ilse, no piensa como yo. Tampoco le cuento lo de Olmos. Otra vez esa sensación, y sueño con él. Ojalá se me pase, porque no sé, me siento muy rara. Este Jaime no deja de molestarme.

Junio 29

Me puse a leer los versos de Becquer, encerrada en el baño. Ya todos se habían dormido. Me llevé a Ernenek, me acarició todo el tiempo. Yo decía los poemas y me miraba al espejo. "Qué es poesía, ¿y tú me lo preguntas? ¡Poesía eres tú!", como que me desmayo... ¡cuándo alguien me lo podrá decir a mí! Se me salen las lágrimas. Entonces me acerco poco a poco al espejo y lo beso abriendo los labios, pegando la lengua al frío. El frío se quita rápido, se hace un empañadero que tengo que limpiarlo con la toalla. Hasta la toalla queda caliente y como sudada.

Julio 8

¿Por qué me fascinarán tanto las tragedias amorosas? Ilse y yo ya no vamos al deportivo. Nos quedamos en su casa y hacemos una obra de teatro. Siempre es de amor, del trágico. Pintamos dos rectángulos en la pared, como de nuestro tamaño. Cada una tiene el suyo. El mío siempre es irresistible, alto moreno, de ojos verdes, pero de alma dura y envilecida, y yo no quiero, pero caigo rendida, le doy la más ardiente prueba de amor. El de Ilse es rubio y de ojos azules, a mí así no me gustan. Siempre acabamos peleadas. Pero la obra es muy bonita. Nos embarramos en el pedazo de pared. A veces le pintamos una boca y la besamos y la besamos hasta que nos sabe a cal. Luego nos bañamos en tina. El hermano de Ilse nos espía. Ya va en tercero, sí podría ser mi novio. Es un poco gordo, aunque sí es guapo. He soñado cosas con él, no me acuerdo bien. Me despierto como triste, o como si estuviera enferma.

Julio 20

Me da mucha flojera la escuela. Odio a la de historia, a la de gimnasia, al de dibujo. Quiero estar sola y pensar y pensar. No sé en qué. Qué lata con el estúpido de Jaime.

Agosto 3

No sé lo que me pasa, me siento rara, como si quisiera conocer el mundo, como que no vivo en él. Ni yo misma lo puedo explicar.

Agosto 14

La próxima semana cumplo trece años y mi mamá dice que ya voy a ser una adolescente. Tengo miedo. Cada vez que pienso que me gustaría que un hombre me abrazara, me dan ganas de no sé, como si no fuera yo. ¿Por qué pienso en eso? ¿Por qué mis pensamientos se han ido hacia allá? Ni siquiera mi fiesta de cumpleaños me pone contenta. Me van a hacer pastel con velitas y Daniel nos va a llevar al cine a Ilse y a mí. Pero pienso en ese día y quiero dormir y dormir. Y que nunca pase nada.

Atrapada sin salida

María Luisa Puga

María Luisa Puga nació en la ciudad de México en 1944. En 1978, salió su primera novela: *Las posibilidades del odio*. Ha publicado libros de cuentos como: *Inmóvil sol secreto, cuentos, La Máquina de Escribir, Accidentes, Intentos*, entre otros, además de los cuentos para niños como *Los tenis acatarrados* y la novela para adolescentes: *La ceremonia de iniciación*. . En 1983 recibió el Premio Javier Villaurrutia y el premio nacional Juan Ruiz de Alarcón. Desde 1985 coordina talleres literarios para niños, adolescentes y adultos.

Las horas son sudorosas, largas, inmóviles. Ayer hiciste nucas. ¿Hoy qué? ¿Codos? Demasiado calor. ¿Huaraches? Ponlo. A lo mejor. ¿Coches de turistas que entran? Les tienes envidia. Siempre le has tenido envidia a los turistas. Pero es porque traen toallas tan bonitas y porque se sientan bajo esas sombrillas sin hacer nada. Yo quiero ser turista. ¿Tú? No vas a ser turista nunca. Estás en pinche primero de secundaria y aunque llegues a tercero no calificas porque no tienes familia rica. ¿A dónde irías? No tienes más que un destino: de aquí a tu casa y de regreso. A lo mejor puedes hacer manos... maneras de agarrar el lápiz. Piensa. Así como agarran el lápiz, así es como nadan. Y de eso sí sabes. Fíjate cómo esos dedos se apeñuscan en el lápiz, lo aprietan y, ¿sabes qué quieren hacer? Lo quieren matar. Lo quieren linchar. Pero, por supuesto, tú no sabes lo que es linchar. Claro que sé. Es sacarle las linches. Linchar, para tu información, es matar a alguien a patadas, como le hicieron los pobres a los ricos en la revolución francesa. Así nadan algunas personas, como si quisieran matar al mar. Nadan como si el mar fuera una montaña que tienen que escalar. Pero no sabes qué es escalar, seguro. Claro que sé, es poner una balanza para pesar los ingredientes, la harina, la mantequilla, los jitomates y eso. Piensa en el mar y fíjate cómo agarra cada uno el lápiz. ¿Ya viste a Humberto? Se lo pone entre el dedo índice y el medio. No entre el pulgar y el índice. ¿Quién nada así? Piensa. Mira tu cuaderno, no vaya a ser que el maestro te cache distraída. Piensa: tu cuaderno dice Topolobampo, Sinaloa. No veas eso porque ya sé que no sabes ni qué es Sinaloa y mucho menos en dónde está Topolobampo. En Veracruz, sí sé. ¿Y por qué dice "Sinaloa"? Lo debo haber copiado mal. Inútil, mejor dejemos eso y sigamos con las manos. El lápiz entre el índice y el medio, quién nada así. Fíjate bien en la mano, el gesto que hace. Además fíjate cómo levanta el meñique. Fíjate, fíjate, pon atención ya que al maestro no le estás haciendo ningún caso. Ya sé. Son los que cuando van a dar la brazada hacen como una especie de adiós con la mano... parece como si la tuvieran aguada, bailotea ella sola. No te rías, se van a dar cuenta de que no estás atendiendo. ¿Ahora qué? Mira a Joaquín. No, qué chiste. El es zurdo, ellos agarran el lápiz así. Pero ¿cómo nadan? Fácil, de muertito.

No te saliste en el primer descanso aunque fuera para estirar las piernas. Te quedaste derrumbada en tu incómoda silla de paleta. Llevas más de una hora en esa postura, pero todavía falta para las once y lo único que quieres es mirar los autos de vacacionistas que llegan en esta época del año. Jubilados gringos que vienen para no vivir el invierno de sus países. Viejos. Han trabajado toda su vida. Comenzaron igual que tú, aburriéndose en la escuela. Quisieras ser como ellos, pero ellos ya son viejos, ya trabajaron, tú no y no te quieres dar ni el respiro entre una clase y otra. Los detesto. Esos descansos de diez minutos. No te alcanzan ni para llegar a la puerta. Odio ese tiempo porque sólo es una grieta por donde puedes mirar la libertad. ¡Por qué no mejor me encarcelan como lo hacían en la primaria? Tres campanazos: entrada, recreo, salida. Como más derecho el asunto, no que estas grietas de tiempo no te alcanzan ni para ir a comprar una torta flaca que se te atraganta porque ni refresco. Prefiero no moverme. Hace mucho calor y pienso quién sigue luego del descanso de las once, ese flaco asqueroso, pelirrojo. El que da español. Odio la manera en que habla. Y después de él viene el de historia, el que tiene cara de pies planos. Ya me hartaron las manos, las nucas, los perfiles. ¿Qué hago? Te toca aprender con una estructura que no tienes, nadie te la ha explicado nunca. Te toca aprender la estructura. La primaria se acabó. Tu primera cárcel se acabó. Esta es la segunda... y las que te faltan, mejor ni pienso. Pero consuélate: lo que te va a llevar a la libertad, esa que apenas atisbas en los diez minutos, que ves de paso, de refilón, que sólo hueles, en realidad, por aquí anda. En lo que te tienes que fijar es en la gente, en los demás. Ve el lugar en el que estás, sólo te fijas en el tiempo. Velo: ¿no sientes la electricidad? Los van a soltar MEDIA HORA. Fíjate en los demás. Aprende algo. Aquí a ningún maestro le importa si estás o no. Tacha y ya si no estás, de eso no te has dado cuenta, te quedan vicios de la primaria. Ve a los demás porque así te vas a ver a ti. ¿Cómo nadas tú? Con todas mis ganas; todo mi cuerpo está en el agua; muevo los dedos de los pies y los de las manos. Me tuerzo, hago cuclillas dentro del agua, me echo maromas. No existo, es delicioso. No veo a nadie. No me importa nadie. Luego del descanso todavía te falta media mañana. Español. Historia. ¿Alguien me ha preguntado si me gusta el español o la historia? ¿A alguien le interesa lo que quiero? Es vivir lo que quiero y no quiero que nadie me los enseñe. También quiero una toalla morada, morada como las uvas, o anaranjada como la papaya y una sombrilla que me tape el sol cuando esté acostada junto a la alberca. De tanto en tanto echarme al agua y nadar, no como lanchero de Acapulco, sino como alguien que sabe nadar. Alguien que se sabe sentir libre. No seguir encajonada en esta escuela, en la de antes. Yo sé que a la escuela nos mandan para que las mamás puedan estar libres un rato y para que limpien la casa. Aquí nadie nos viene a enseñar nada. Vienen a ganar su sueldo, igual que las mujeres que van a limpiar sus casas. A ellas qué les va importar si están limpias o no. Sólo quieren ganar su sueldo. Paciencia. Te va a tocar algún maestro bueno, tarde o temprano. No quiero maestros. Ser adulto es ser maestro. Son más abominables que los padres.

Bájale. Vete a tu receso. Receso, guac. ¿Qué hiciste?
Media hora. Te fuiste con tus amigas y HABLASTE de
los chavos de primero A, B y C. A los de segundo y
tercero no te atreves a mirarlos. Te reíste como loca y
sentiste que todo era posible; que al rato ya va a ser
siempre así. Te comiste otra torta y te atiborraste de
refresco. Te asustaste cuando un chavo loco se acercó
riendo a carcajadas: ¡Puga, Puja, Purga! ¡Está en mi
salón! Y lo viste correr hasta la reja del fondo del patio. Ni tú ni tus amigas se atrevieron a salir al patio.
Cuchicheaban, las tres inseparables amigas de la primaria, que vinieron a quedar en primero A, B y C.
Mejor, dijiste cuando te enteraste. Cubrimos todo el
terreno. Osada. Viste un perfil dulce y lo seguiste con
los ojos (no era uno de los que tú haces en el salón).
Oíste ruido, mucho ruido y aunque no lo dijiste, te dio
miedo y querías regresar a tu casa y ya no salir nunca
más. Regresar a tu casa, en plena mañana. Seguro des-
cubrirías a tu madre con toda la cara tapizada de agua-
cate. Se lo ponen en la cara, me dijiste alguna vez,
como si fueran pan bimbo. Viste techos, barandales,
piernas subiendo y bajando las escaleras. Los chavos
al hacerlo llevan una regla de aluminio que hacen sonar en los barandales. Mordiste la torta justo en el chi-
le jalapeño. Salió el chisguete picante y otra vez, el
atisbo de la libertad. A tus amigas cada vez las sientes
más diferentes. Como si cada una en un salón estuviera aprendiendo cosas que a ti se te van. Como más

grandes las sentiste. Y el perfil dulce otra vez. Sabes que se llama Emiliano. Es medio torpe y demasiado alto, pero te da ternura. No se mete con nadie. Los brazos los trae como colgados, como si no fueran de él. Y luego quisiste regresar a tu salón cinco minutos antes del timbrazo. Estar en tu silla de paleta sola, mirando por la ventana. Ya sé qué planeas hacer en la clase de español. Una lista de palabras dichas por ese maestro asqueroso, pero sólo las que tengan de dos aes para arriba, masculinas. ¿Y qué puedes hacer en la de historia? No sabes, pero falta tanto. Además algo está pasando. No acabas de saber qué. Y te voy a decir por qué. No ves. Bueno, sí ves lo que sabes ver: los chavos, las niñas, igual que en la primaria pero más. Más abierto, más al aire libre. Te fascina. Y por eso no sabes oír. Entre que oyes tus ruidos de infancia y los nuevos, no sabes qué oyes. Lo que se oye es un rumor; un rumor asustado. Lo que se oye es un nombre. Alfredo. Tú no conoces a ningún Alfredo, ni Alfonso, ni Alonso y esos no entran en la lista que vas a hacer porque no tienen dos aes.

Ya sólo dos clases y a tu casa, aunque esa no es la libertad, piensas súbitamente agobiada. Cómo se puede uno cansar en la escuela. Debe ser más fácil hacer el quehacer diario. Dodecasílabas, dices en voz alta, y lo escribes. Hay tres aes y es masculino. ¡Correcto!, exclama teatralmente el maestro y tú ves la primera palabra de tu lista, en donde no está Alfredo, que tiene una sola a, como todos los Alfonsos y Adolfos y Davides y Julianes. A ver, te dices con ánimo, a ver a quién conozco, chavo, que tenga dos aes. Emiliano no. Mi pobre papá se llama Enrique. Me urge conocer a alguien que se llame Salvador, pero en el salón no hay nadie. Tampoco hay ningún Alejandro.

El pescuezudo maestro pregunta algo. Lo ves levantar el índice, todo huesudo y horrible y dices sin pensar: endecasílabas. ¡Correcto!, pero, Puga, no se dice endecasílabas, sino sílabos. Endecasílabos. Tachas y sin levantar la vista de tu cuaderno te oyes preguntar: ¿Usted cómo se llama, maestro? ¿Yo? Me llamo Aarón. La vas a anotar, cuando el maestro dice: y es con doble a porque, para la información de todos ustedes, soy judío. ¿Y a ti qué? Falta una eternidad para el final de esta clase y sólo llevo una palabra. Todas las palabras son femeninas, qué horror. ¿A poco en la gramática no hay palabras masculinas con dos aes? Alfredo, ¿por qué no te llamas como Aaron: Aalfredo. A ver, a ver, un momento, ¿qué tal Shakespeare? ¿Se vale? No, no se vale no mexicanos. Lázaro. Eso se puede y me enlaza con la siguiente clase, la de historia. Armando también y Arnaldo y Anastasio... Órale, esa tiene tres. Alfredo sólo tiene una. En eso oyes la puerta del salón, que sólo se abre con el timbrazo después de cada 50 minutos de clase... pero todavía faltan diez, te dices sobresaltada cuando ves la cara del director (al que sólo has visto una vez en tu vida).

ATENCIÓN, dice en un tono grave que te pone los pelos de punta. Miras con todos los ojos, igual que cuando nadas, toda tú ahí, por primera vez en ese día. LOS DE PRIMERO, TODOS, VAN A HACER GUARDIA ESTA ÚLTIMA HORA. DE AQUÍ YA SE LO LLEVAN AL SEPELIO. A ESO NO TIENEN QUE IR. Y suaviza la voz. Supongo que todos saben que se trata de Alfredo Gutiérrez, de tercero B. Ahora la agolpa: TODA LA SECUNDARIA LO HA ACOMPAÑADO ESTA MAÑANA. NUNCA NADIE DE ESTA ESCUELA DEJA SOLO A UN COMPAÑERO. AHORA LES TOCA A TODOS LOS PRIMEROS. ES UNA FUERTE LECCIÓN, PERO ESPERO QUE APRENDAN QUE NO SE SALE CORRIENDO DE LA ESCUELA. Y ante tus ojos atontados, baja la voz. Dice: pobre Alfredo. La vuelve a subir: SE VAN A COLOCAR DE SEIS EN SEIS, TRES DE CADA LADO DEL FÉRETRO. DIEZ MINUTOS Y SALEN PARA QUE SE COLOQUEN LOS QUE VIENEN DETRÁS. La baja casi a un susurro: Piensen, pudieron haber sido ustedes. Y después del movimiento, las filas, las amigas con su B y C. Las caras de todos. Haré emociones, te dijiste asustada. Y cuando te tocó hacer la guardia y lo miraste de reojo: un perfil dulcísimo, te dijiste. Luego los minutos largos, sudorosos, inmóviles, pero en él ya no estaban, sólo en ti.

Un día tan esperado

Nuria Armengol

Nuria Armengol nació en San Luis Potosí en 1955. Estudió Letras modernas en la Universidad Nacional Autónoma de México. En 1988 obtuvo el premio "Manuel de José Othón". Ha publicado el libro de cuentos *Este lado de la mesa* y es coautora de varios libros. Ha sido promotora y difusora de la cultura. Actualmente trabaja como terapeuta, y se dedica a la medicina alternativa, a la investigación y a la enseñanza.

*Los encuentros son citas del alma, las relaciones
los espacios para que el alma cumpla su destino.*

El sol con sus rayos aún no calentaba mi cuarto, pero ya se oía el canto de los pájaros desde el jardín, cuando papá abrió la puerta de mi cuarto de golpe y como siempre me gritó su detestable Ya es hora. No lograba acostumbrarme al susto de cada mañana, sin embargo, aunque desperté con un sobresalto, no me dio coraje ni le menté su madre sin que me oyera como cada día. Estaba feliz y sabía por qué, Rubén iba a ir por mí a la salida de la escuela. Puse el casete de Alejandro Sanz y mientras tarareé *Si tú me miras*, me vestí rapidísimo con el uniforme y como pude eché mis libros a la mochila. Pensé en lo distinto que era la vida cuando te gustaba un niño. Ya mis amigas me lo habían contado, ellas tenían más experiencia que yo. Rubén, de mi misma edad, era distinto a la mayoría de los niños que conocía; con ojos de estrella muy dulces y alegres, tocaba la guitarra y bailaba con todas en las fiestas. A diferencia de los otros, que lo único que hacían era jugar luchas en los cumpleaños y subirse a las bardas a la hora que nos poníamos a bailar. Lo conocí en la reunión de Patricia. Nadie nos presentó y luego luego se acercó a platicar conmigo. Desde entonces nos veíamos en todas las reuniones. Patricia me dijo que hoy se me iba a declarar, a pesar de lo que decía mi madre yo no era tan tonta como para decirle que no.

Mamá estaba en la cocina y papá en la cochera de la casa calentaba el auto.

—Oye, mamá, ¿tuviste muchos novios? —le pregunté haciendo una mueca mientras daba pequeños sorbos al licuado que nos hacía a mis hermanos y a mí todas las mañanas con tal de no ponerse a cocinar— ¡le volviste a poner huevo, qué asco!

—Dos antes que tu padre —me contestó acostumbrada a mis quejas.

—Yo ya quiero tener uno —le dije muy seria con la esperanza de que su respuesta fuera distinta a las anteriores.

—Ya te he dicho que no estás en edad. Aún no eres mujercita y sigues con esas cosas. Dedícate a estudiar que tu padre trabaja mucho para que estés en esa escuela.

Me arrepentí de haber abierto la boca y guardé silencio, la vida se tardaba conmigo, a mis catorce años aún no me había bajado la regla y parecía que, viniera al caso o no, me lo restregaban en la cara. Dejé el licuado a la mitad, le aventé un beso a medias y salí corriendo, mi padre empezaba a tocarnos el claxon para darnos prisa, lo cual significaba una tortura no sólo para nosotros, sino para toda la colonia.

Ya en el auto me quedé pensando en las palabras de mamá. Eso de no ser aún *mujercita* me ponía en desventaja ante el mundo entero. ¿Por qué tenía la vida que vengarse conmigo? La naturaleza era injusta, y por ser diferente tenía que aguantarme la burla de algunas y los secreteos de otras. Desde los once años mi madre me dijo que llegado el momento ya podría tener hijos, que iba a usar toallas desechables y no tampax por que había que cuidar mi virginidad; que no podría nadar esos días, y sobre todo, quedaba prohibido ir a dormir a las casas de mis amigas donde había *hombres:* su tono de voz los calificaba como amenaza. Eva, la señora que ayudaba a mamá a lavar la ropa sucia, decía que no nos podíamos bañar en una semana. A mis amigas las unía un aire de superioridad, aunque ninguna estaba contenta, y lo que decían era muy distinto entre sí, por su opinión general me quedaba claro que la sangre que me iba a salir cada mes era un asco, y que de ahí en adelante estaba jodida. ¿Y qué tenía eso que ver con tener novio?, ¿por qué no podría ya ir a dormir a la casa de mis amigas?, la mayoría tenía hermanos, y cuando no, un papá en casa. Alguna relación que ignoraba había entre la menstruación y los hombres. De algo estaba segura, la vida tenía muchos secretos y misterios guardados para mí, pero el cómo los descubriría figuraba como el horizonte de un mar lejano y yo, parada en medio del más recóndito desierto y, ¿valdría la pena alejar a los hombres, renunciar a las piyamadas, a ir a nadar y a quién sabía cuantas diversiones más con tal de convertirme en mujer?... y bueno, en el fondo sabía que no era algo que yo pudiera elegir. Tarde o temprano irrumpiría en mi vida ese personaje invisible y contradictorio que a pesar de todo tenía sus ventajas: podría hablar con mis amigas de igual a igual, me rasuraría las piernas, quizá hasta engordaría un poco y me crecerían las tetas, aaal fiiin usaría brasier.

Llegué a la escuela, todas estaban ya en el patio formadas para pasar lista. Mis amigas y yo nos quedamos atrás para poder platicar. La maestra Magui, que era nuestra titular, me paró en seco antes de entrar al salón.

—Ana, quiero hablar contigo a la salida.

—¿Hoy? —dije pensando en que Rubén iría por mí.

—Sí, hoy, Ana. Volviste a reprobar química y bajaste en todas las demás calificaciones este mes, quiero hablar contigo antes de llamar a tus padres —me dijo como si me estuviera haciendo un favor.

—¿Puede ser mañana, maestra, ándele, sí? —supliqué.

—Hoy —dijo sin más ni más y entró al salón. Yo la seguí cabizbaja y me senté en mi escritorio. Pinche vieja —murmuré— ¿Y ahora qué voy a hacer? ...

Patricia, que se sentaba a mi lado, me preguntó en voz baja qué había pasado.

—Quiere verme a la salida y hoy viene Rubén.

—Tú no te preocupes, inventaremos algo —su tono de voz me tranquilizó—. Déjamelo a mí, nos juntamos donde siempre en el recreo.

Moví la cabeza en señal de afirmación y con una sonrisa fingí atender a la clase de Historia de México; ¿de qué nos servían toda esa bola de nombres y fechas que teníamos que memorizar?, ni siquiera me acordaba de las del semestre pasado. Perder el tiempo en aprenderme el nombre de un montón de señores e indios que me eran totalmente indiferentes era como tragarse el licuado de mi madre en las mañanas. Escuché a Patricia recitar la clase con absoluta perfección, las dos estudiábamos juntas en casa y era obvio que mi memoria no era de las privilegiadas; me sentí tocada por la fuerza de algún fatal destino, porque además, ni siquiera la naturaleza estaba a mi favor. La voz de la maestra flotó en el aire. El tiempo se suspendió en los movimientos de su boca.

—Ana, ¿de qué estoy hablando? —me preguntó de pronto señalando al pizarrón, donde había colgado unos carteles llenos de imágenes de hombres con armadura e indios ensangrentados.

Surgiendo de un estado de hipnosis dije: de los españoles, maestra, de todos los indios que mataron. Me sentí una estúpida desde antes de hablar, como de costumbre la había regado. Todas se rieron de mi respuesta porque la maestra apenas nos estaba explicando las fechas.

—¡No tienes remedio, te espero a la salida! —dijo con aspereza—¡Y todo esto para mañana! —recalcó señalándome el capítulo del libro. Varias voltearon a verme con lástima. Bajé la cabeza y sentí ganas de llorar pero me contuve…pensé en la conquista y en tantos muertos, me sentí llena de una culpa que no era mía. Imaginé a papá vestido con una armadura, una espada y un indio ensangrentado a sus pies. No pude evitar sentir apretado el corazón y ni que se me salieran las lágrimas. Patricia me picó la pierna por debajo del escritorio y me pasó un chicle, tocó mi mano y me cerró el ojo con una sonrisa de comprensión. Me dio gusto que fuera mi mejor amiga.

A la hora del recreo nos fuimos a comer el lonche a la azotea, nuestro lugar favorito. Patricia se sentó a mi lado, Adriana, Pilar y Amalia completaron el círculo.

—¿Qué vamos a hacer? —pregunté intrigada, dando por hecho que Patricia ya les había contado. Amalia, que ya traía un chocolate en la boca, dijo:

—Vámonos de pinta después de la clase de español, nos saltamos la barda de atrás y nos vamos a la tortería de Matilde, de ahí podemos ver cuando llegue Rubén y juntos nos regresamos a pie cada quien a sus casas.

—¡Le cae a la que diga algo! —exclamó Adriana, la más callada pero la más chismosa de todas.

—Miren quién lo dice —le dijo Patricia.

Todas volteamos a vernos y como no traíamos refresco chocamos nuestras tortas al centro con una sonrisa cómplice.

—¿Y estás segura que hoy se te declara? —me preguntó Pilar con emoción.

— Eso le dijo a ésta y él le cuenta todo —señalé a Patricia.

—¡Y le va a decir que Sí! —afirmó por mí.

—¡Míren, ya me salieron más pelos! —dijo Pilar enseñándonos su axila. ¡Odio mis chichis! —puso sus dos manos sobre sus senos que estaban igual de grandes desde que tenía once años.

—El chiste es que te salgan aquí —dijeron al mismo tiempo Amalia y Adriana abriendo las piernas y señalando su sexo.

—¡Y deja que te de un beso! —volvió a decir Patricia dirigiéndose a mí—¡vas a ver lo que se siente!

Mientras las oía, me comí la torta que me trajo Patricia; pensé en mi cuerpo, alta, flacucha, con tres pelos en mis piernas y en mis axilas; en mi pubis, un montón de vellitos que apenas y se veían, de arriba desde luego no llegaba ni a doble A.

—No te preocupes, Ana, deja que te baje y te vas a poner ¡aaasí! —dijo Patricia adivinando mis pensamientos e imitó a Pilar. Todas soltamos una carcajada. Amalia nos enseñó sus piernas recién rasuradas y los abundantes pelos negros de su pubis, las demás compararon el tamaño de sus tetas. Volví a quedarme callada, la torta no me cayó bien y sentí náusea, estaba extrañamente triste, y no era un día ni para sentirse mal, ni para estar triste, iba a tener novio por fin.

—¿Y todos los españoles serán iguales? —pregunté con cierto temor. Salvo Patricia nadie sabía el origen de mi padre, por primera vez sentí que algo bien hice en la escuela al no contárselo a las demás, porque la misma historia me convertía de pronto en la hija de un hombre señalado por muchos dedos.

—¡Por supuesto! —afirmó Amalia— tooodos son cabrones y matones.

—¡Claro que no! —alegó Pilar—, mi abuelo es español y no es ningún cabrón, mucho menos asesino.

—Lo traen en la sangre —aseguró Adriana con su usual parsimonia—además de matar a tantos indios, llegaron y se cogieron a todas las mujeres, ¿de dónde crees que venimos, idiota?

El timbre sonó y todas nos levantamos corriendo escaleras abajo de acuerdo en vernos en la parte de atrás de la escuela después de español.

La barda en esa esquina era mucho más baja y colocando un cubo de basura o haciéndonos columpio, era fácil saltar al otro lado. No hubo moros en la costa, salvo dos niñas de primero de primaria que nos vieron saltar y a las que Amalia amenazó con matar a su mamá si decían algo.

Llegamos corriendo a la tortería, Matilde nos recibió con una sonrisa y luego luego nos abrió una coca. Matilde lee la baraja española, fuma *Alitas* y siempre está chiflando alguna canción; es muy alta y robusta, de enormes y acogedores senos, su piel tostada y su mirada penetrante y dulce la dotan de una belleza extraña y sin edad. Como es de la costa, siempre está de buen humor, su risa y sus cartas son como un imán que nos hace ir buscarla desde antes de pasar a la secundaria, además, siempre nos fía.

—Adivina, Matilde, Ana ya va a tener novio —le dijo Patricia con entusiasmo mientras nos sentamos— hoy Rubén le va a tirar toda la onda.

—¿De veras, mi niña? —me preguntó con su ternura usual. Yo asentí con la cabeza sin poder hablar pues el dolor de estómago aumentaba…¿y qué tal si a Rubén ya se le había olvidado que se me iba a declarar, o si se había arrepentido?…sentí raras punzada en los senos, la expresión de mi cara evidenció mi desasosiego. Matilde se me quedó viendo.

—¿Qué te pasa? —preguntó Patricia— ¡deberías estar feliz!

—Me siento mal, tengo ganas de vomitar —le dije en voz baja para que no oyeran las demás— yo creo que la torta del recreo me cayó mal.

—Ahí vienen, pon otra cara, no seas mala onda —dijo más entusiasmada que yo.

Rubén apareció de pronto a lo lejos con Paco y Lalo Camarena. Les gritamos desde la tortería y corriendo llegaron hasta nosotras. Matilde, que nos observaba divertida, les acercó tres sillas, y otra vez me volteó a ver. Rubén se sentó a mi lado y empezó a platicar con las demás. Yo seguí sintiéndome mal, y aunque intenté poner mi mejor cara, Patricia me miró con miedo de que fuera a echar todo a perder, hasta pareció que le gustaba Rubén. Ya me quería ir, pero nadie se levantaba y a mí me daba pena decir algo, pues iban a pensar que ya me andaba por que Rubén se me lanzara. Después de un rato a Amalia se le ocurrió empezar a recoger las cosas que sacó de su morral y las demás hicieron lo mismo. Al verlas sentí como si me hubieran dado un golpe en la boca del estómago. Mi cuerpo hervía, aumentaba la náusea y las punzadas en mi abdomen. Había llegado el momento, yo me adelantaría con Rubén, platicaríamos, se me declararía, y yo le diría que Sí.

—Vámonos —dijo Rubén tomándome de la mano invitándome a seguirlo. Todas se quedaron sorprendidas pues aún no acababan de recoger. Cuando me paré, sentí algo caliente entre mis piernas. Por intuición, toqué la parte de atrás de mi falda y estaba mojada. El corazón me empezó a latir con fuerza, un hilo de sangre se deslizó por mis muslos, algunas gotas cayeron en el piso. Me quedé inmóvil y muda, deseé que me tragara la tierra.

—¿Qué te pasa? —me dijo Patricia— ¡traes cara de muerta! Todos voltearon a verme al mismo tiempo, yo clavé mis ojos en ella y luego busqué la mirada de Matilde.

—Nada —les dije aterrada con la esperanza de que no se dieran cuenta. Pero ya todos tenían la vista fija en mi falda, que también se había manchado por delante. Rubén, con los ojos muy abiertos, soltó un Qué Te Pasó que resonó en toda la tortería. Los demás, menos Patricia que se quedó atónita y muda, soltaron una carcajada.

Matilde, como adivinando que algo pasaba, llegó hacia mí y les dijo a los demás que se fueran. Patricia insistió en quedarse, pero Matilde no la dejó y le dijo que si se iba con las demás al día siguiente le leía las cartas. Yo tenía ya los ojos llenos de lágrimas. Me abrazó con cariño y me condujo hacia el cuarto de atrás, donde había una cama, varias repisas llenas de libros, algunos carteles pegados en la pared y una mesa con un altar de la virgen de Guadalupe, velas encendidas y flores; entre otros objetos desconocidos estaban su baraja y unos cuarzos. Olía a incienso, una extraña quietud flotaba en el ambiente y tuve la sensación de estar acompañada por seres que no se veían.

—No te preocupes, mi niña, ven, voy a ayudar a limpiarte y te voy a hacer un té, algo calientito te va a caer muy bien —me dijo con voz muy suave—. Ya eres toda una Mujer —agregó con dulzura de abuela comprendiendo que era mi primera vez. Yo no paraba de llorar, confirmé la injusticia de la naturaleza, me sentí traicionada por la vida. No sólo el colegio de hombres lo iba a saber, con la chismosa de Adriana tenía para que todas las secundarias y hasta las prepas se enteraran. ¡Estaba perdida!

—Me duele mucho el estómago, Matilde —le dije pegándome a su cuerpo para que no dejara de abrazarme. Ella prendió un *alita* y me contestó.

—Mi niña, en algunas mujeres es así, otras no sienten nada. Ser mujer es un Gran Misterio —continuó con el cigarrillo entre sus labios y empezó a limpiarme las piernas con unos klinex húmedos, me pidió que ya no llorara—, se ha creído que la energía de la Fuente Creadora es masculina, pero la energía de la Fuente es femenina, tiene que ver con tu sangre, con la Tierra, con tu Diosa. De la Fuente surge la vida, —volteó a ver a la imagen de su altar— ella es el símbolo; lo masculino es el principio activo, significa la manera de usar esa energía, ¿entiendes?

No entendí nada, ni por qué me estaba diciendo eso; a diferencia de Patricia, yo no era fan de la virgen de Guadalupe, ni nunca me pasó por la cabeza que Dios fuera mujer, pero lo que decía Matilde tenía sentido; seguí escuchándola como reconfortada por la curiosidad.

—No importa que no entiendas —dijo apagando de pronto el cigarrillo y aventándolo con maestría al basurero— mira, la idea de Dios como hombre se inventó cuando empezó el patriarcado y esta idea está ligada a la política y las religiones basadas en falsos ideales, en el deseo de poder y control, desconociendo la compasión. Pero en realidad es la Diosa Madre la que está detrás de todas las cosas. Su energía trabaja a través de nuestro corazón y nos ayuda a mantenerlo abierto. Mira, mi niña —me dijo enseñándome el puño de klinex manchados— comprender los secretos de la sangre, es comprendernos a nosotras mismas. En esta sangre está nuestra esencia espiritual, la memoria del alma, es la fuente de nuestro Poder. Aquí se esconde nuestra historia, nuestro linaje y toda la información de la Madre Tierra —continuó notando que mi mirada tenía una interrogación sin punto ante todo lo que me estaba diciendo. Luego, aventó los klinex al basurero y agregó con tristeza: —¡Y ahora la menstruación es algo vergonzoso y ridículo. Las mismas mujeres le temen a su propia sangre, la ven como una maldición!

—¿No querrás que no me dé pena lo que pasó, Matilde? —intervine con voz entrecortada acordándome de los ojos de Rubén— ¡Tooodos se van a enterar!

—Que no te importe, mi niña, ellos no saben lo que ser Diosa significa, siéntete honrada por esta sangre. Escucha tu cuerpo, es tu manual de instrucciones, explóralo y descubrirás el poder, la magia que hay dentro de ti.

Pensé en las supervisiones de mi madre que cuando nos daba las buenas noches confirmaba que mis dos brazos estuvieran afuera de las cobijas.

—Y cuando seas mayor podrás compartir con el hombre que ames el regalo, porque la sangre y el semen son el elixir de los dioses. El elixir de la inmortalidad, dicho por alguno de ellos.

—¡Cómo crees, Matilde! —exclamé incrédula y asombrada.

Matilde se levantó, me trajo un kotex y me mandó al baño que estaba a unos pasos de nosotras; me sugirió que lavara la entrepierna del calzón, lo secara con una toalla y siguió:

—Tócala y mírala bien, es la sangre más pura, más oxigenada —sentí un poco de asco pero le hice caso, quedé maravillada al ver su color escarlata, fresco, claro e inteso al mismo tiempo. Ella continuó desde donde estaba.

—Antes usaban la sangre menstrual para nutrir a la Tierra, para marcar territorios, hacer crecer las plantas, conectarte con los animales y sanar las heridas. Imagínate la fuerza de su poder que con ella se sellaban los compromisos y se alejaba el mal; nadie se atrevía a tocar una puerta marcada con sangre de menstruación, ni siquiera los que habitaban atrás de ella, pues consideraban que ahí reinaba la Diosa; y para compartir el poder al hombre que amaban y conectarlo con la Diosa, le ungían su sangre en la nuca o en las plantas de sus pies.

—¿Nosotros les ayudábamos? —exclamé con asombro desde el baño.

—Aún ahora, aunque muchos no lo saben. ¡Si cada mujer de este planeta supiera cuánto poder hay en ella!…pero hace muchos siglos cedimos nuestro don y decidimos guardar silencio.

Yo pensé en mi madre, que aunque nunca se quedaba callada, cuando peleaba con papá se ponía muy triste y mejor se salía a caminar.

—¿Has visto la luna? —continuó Matilde que había empezado a rondar por el cuarto.

—Está llena —contesté intrigada por lo que seguía.

—Influye en el ritmo de nuestro planeta, en las mareas y los ciclos de la naturaleza, por lo tanto, afecta nuestra energía, el flujo de la sangre y sus hormonas. Las fases de la luna se relacionan con nuestras emociones y con nuestro cuerpo; si usáramos nuestra propia sabiduría ninguna mujer tendría hijos si no lo desea.

—O sea que la luna sólo nos sirve a nosotras —me atreví a afirmar.

—Aunque los hombres no pueden sentir su sangre cada mes y por eso es un misterio, su cuerpo también tiene ciclos, ritmos y patrones y puede hacer cosas milagrosas; pero la gran mayoría tiene miedo de abrir su corazón, mi niña, de tocar sus emociones; están tan acostumbrados a usar sólo la mente que les cuesta trabajo reconocer su parte femenina e intuitiva, a la Diosa que está dentro de ellos y que esta cultura de machos les ha quitado.

Yo ya había regresado a su lado. Sentadas en la cama, me puse muy cerca de ella para que me siguiera abrazando. Me quedé viendo en la pared unas figuras similares a las de la clase de Historia, a diferencia de que era el indio quien aparecía como vencedor, ella siguió mi mirada y se puso seria.

—La sangre de la guerra es distinta, mi niña —dijo como hablándole al calendario de *Cementos Tolteca*—, la guerra es una distorsión inventada por el patriarcado que intentó dar a los hombres el poder de la sangre. Pero esa sangre no es igual porque hay violencia, la vida se destruye, se mutila y se asesina, y todo eso con las emociones sofocadas y suprimidas. ¡Si los hombres honraran a la Diosa que hay en cada uno de ellos aprenderían a valorar la vida!, pero son muy pocos todavía los que entienden esto…sólo hay una manera de que los hombres puedan integrar en ellos el poder de la sangre, y es que una mujer se la regale, que le comparta su propio elixir.

Matilde puso su mano sobre mi abdómen e hizo círculos presionando con suavidad —Mira, mi niña, aquí está tu fertilidad, tu fuente creativa, su energía es anaranjada. Y aquí, en tu cuarto chackra, está tu Diosa, su energía es verde dorada —dijo subiendo su mano y colocándola sobre mi corazón.

Quise ver algún color, pero no vi nada y me dio pena decirle algo porque con su mano en mi pecho, de pronto me sentí inundada de amor, muy segura y con una tranquilidad nueva. Nunca nadie me habló de ese modo.

—De eso habla mi tía Kala, estudia metafísica y lee el Tarot —le dije sintiéndome importante. El dolor de estómago comenzó a bajar y Rubén y los demás ya se me habían olvidado.

—¿Sabes, Matilde?, una noche caché a mis papas haciendo el amor —confesé de pronto mi secreto, se me quitó un peso de encima porque ni a Patricia se lo conté nunca. Matilde sonrió, me acarició la cabeza y me apretó más a su cuerpo.

—Hacer el amor es la forma que tenemos los humanos para expresar a nuestra Diosa y conectarnos con un conocimiento superior. La energía sexual es energía espiritual, mi niña. Por eso cuando llegue el momento, debes estar muy segura de con quién quieres compartir la esencia de lo que tú eres.

Le pregunté qué tenía que ver eso con la regla, segura de que su respuesta iría más allá del *es que ya puedes tener hijos.*

—Hacerlo durante el periodo es un ritual muy antiguo, un acto poderoso y sagrado. Su alta vibración abre las puertas a otros reinos; es un momento en el que dos comparten su poder y su información en muchos niveles, porque el esperma del hombre es la contraparte, le manda mensajes telepáticos a su dueño. ¿Por qué crees que hay tanto tabú en torno al sexo?, control, mi niña, control, para que nadie sepa Quién Es…no les conviene a muchos que Dioses y Diosas conscientes anden sueltos caminando por las calles.

Me quedé pensativa, perpleja y maravillada. Todo lo que decía Matilde era una historia diferente, atractiva y con más sentido que las cosas que había oído. Pensé en la cara que pondrían mi madre y mis amigas si supieran todo lo que ella me estaba diciendo. Y por un momento me sentí como la única guardiana de un libro mágico y prohibido, sin embargo, también sentí lástima por ellas, porque aunque no entendía palabra por palabra de todo lo que me decía Matilde, era seguro que mi madre y mis amigas de eso no tenían ni la menor idea.

Mi madre llegó inesperadamente. La escuché llamándome desde afuera. Al ver sus ojos supe que estaba furiosa. Mal le dio las gracias a Matilde, me empujó hasta el coche y empezó a sermonearme. Matilde me lanzó de lejos una mirada cómplice y amorosa, yo le correspondí con la mano y una sonrisa que implicaba sellar entre las dos un pacto eterno.

Les llamaron de la escuela para decirles que nos habíamos escapado, mamá llamó a Patricia y ella no tuvo más remedio que decirle dónde estaba. Nos expulsaron quince días y nos quitaron el pase para el próximo año. Quise explicarle a mi madre pero no paró de hablar y regañarme en todo el camino rumbo a casa. ¡Lo que me diría mi padre no lo quería ni imaginar! Subí corriendo a encerrarme a mi cuarto y me tumbé sobre la cama. De lejos mi madre continuó vociferando, yo volví a pensar en todo lo que me dijo Matilde. Curiosamente me sentía serena y feliz. Mi padre llegó a la hora de siempre. Lo oí subir por las escaleras y me hice la dormida.

—Ana Isabel, despiértate —me dijo molesto—, ¿quieres explicarme qué pasó?

—Nos escapamos, papá —dije en voz muy baja sentándome en la cama.

—¡Coño, eso ya lo sé!, ¿crees que me mato trabajando para que tú pierdas el tiempo? —subió el tono, se me achicó el corazón.

—Lo siento papá —dije con arrepentimiento—¿no quieres que te cuente lo que me pasó?

—¡Te quedas sin dinero y sin hablar por teléfono un mes! —dijo radical.

De pronto me sentí furiosa y sin pensarlo le grité: ¿Qué no te das cuenta que estás hablando con una Diosa, que mi sangre es sagrada y estoy harta de los alaridos que me pegas todas las mañanas? ¡a ver si ya le paras! Los dos nos miramos enmudecidos y asustados, no supe quién era el más sorprendido, si yo por mi atrevimiento o él por mis palabras. Salió de ahí dando un portazo que hizo eco a su *Hooostia y Puta Madre* de costumbre y agregó que, como viera a mis amigos rondar la casa los iba a hacer cagarse en los calzones. Me sentí aliviada sin su presencia y suspiré como si se me hubiera perdido algo: yo sabía que muchas cosas importantes de la vida no las aprendería en la escuela, pero pensaba que al menos algunas respuestas estaban en casa.

Volví a tumbarme en la cama y toqué mi abdomen inflamado al igual que mis tetillas, metí la mano en mi sexo y sentí un cálido placer, luego observé largamente la sangre embarrada en mis dedos. Cerré los ojos, extrañe el calor de los brazos de Matilde y reviví cada una de sus palabras. Después, puse el casete de Alejandro Sanz con el volumen muy bajo para que no me fueran a decir nada y me quedé dormida. Ya estaba oscuro cuando me despertaron los gritos de mi madre avisándonos que ya estaba la cena lista. La imagen de Rubén vino a mi mente, pensé en cómo les habría ido a Patricia y a las demás. Abrí la ventana para que el aire rozara mi cara. La luz plateada sobre los árboles dibujaba sombras en el jardín. Volví a cerrar los ojos y extendí los brazos para respirar profundo, sentí una extraña conexión con la Tierra y una sensación de amor en el centro de mi pecho, era igual que estar en los brazos de Matilde. Luego me quedé mirando un largo rato a la luna como poseída por alguna magia. Se veía más grande y más redonda que otras noches, como una cómplice parecía reírse, me saludaba.

María

Verónica Murguía

Verónica Murguía nació en la ciudad de México en 1960. Es escritora, ilustradora y locutora. Condujo el progama "Desde acá los chilangos" de Radio Educación durante nueve años. En 1990 obtuvo el premio Juan de la Cabada para escritores de literatura infantil y juvenil y en 1993 fue becaria del Fondo Nacional para la Cultura y las Artes. Es autora de los libros *Rosendo, Historia y aventuras de Teté el mago*, *El guardían de los gatos*, en coautoría con David Huerta y *David y el armadillo*. Su primera novela *Auliya* fue publicada en 1997 en México y posteriormente en España. *El fuego verde*, para jóvenes, ha sido publicada por la editorial Santa María, colección Gran Angular. Actualmente imparte clases de literatura para niños y jóvenes en SOGEM.

para ÁLVARO QUIJANO, i. m.

De pie sobre una roca, la muchacha contemplaba el bosque con el ceño fruncido en un gesto de desaliento. Sus talones callosos y amoratados se hundían en el musgo espeso que cubría la piedra. Iba vestida con una delgada túnica de lana ordinaria y un sayo negro. El pelo suelto y enmarañado le cubría los hombros. De su mano izquierda colgaba un pequeño atado de leña sujeto con un cordel.

—No pesa nada, no es nada... —murmuró con amargura, mientras sopesaba el atado con dedos entumidos.

Era poca leña. Ahora que el frío había comenzado, debía llevar la suficiente para que el fuego durara encendido y calentara toda la noche la habitación del Maestro. Pero la leña escaseaba a medida que el invierno avanzaba. Mañana saldría con la hachuela al rayar el alba.

Ojalá que él no se enfadara. La muchacha, con un escalofrío, se limpió la nariz con el dorso de la mano y se acuclilló. El olor del musgo subió entre sus muslos ateridos.

La única vez que él se había enojado —hacía muchos días ya—, fue cuando el espejo se rompió. El Maestro se puso furioso. Entornó los ojos, echó la cabeza hacia atrás y las finas aletas de su nariz se dilataron como los ollares de los caballos. María pudo ver el interior de su nariz; era rojo y sin vellos.

Temblorosa, María se tapó la cara, esperando el bofetón, los insultos, la reprimenda. En cambio, con deliberación, el Maestro había recogido cuidadosamente los pedazos del espejo de vidrio y azogue, del espejo traído de Oriente que valía más que un rebaño de ovejas. Ella se descubrió la cara y lo miró. Lo vio reunir pacientemente, una por una, las astillas. Como si fueran flores. Su manto susurraba al arrastrarse por el piso de piedra, y la orla negra se llenó de polvo y de briznas de paja podrida. Luego se había erguido con los trozos de espejo en las manos ahuecadas. La había mirado, sonriente.

—Ah... María, mira mi espejo, mi espejo... —había murmurado mientras levantaba el puño izquierdo y lo cerraba sobre las esquirlas de vidrio. Se le pusieron los nudillos blancos y María vio una gota de sangre que escurrió muñeca abajo entre los surcos que formaban los tendones del interior del antebrazo.

La gota, redonda y casi negra, bajaba, dejando un rastro naranja y se perdía en dirección al codo, dentro de la manga de la amplia túnica. Al ver la sonrisa en la cara de él, las fuerzas la abandonaron y se le erizó el vello de la nuca. El Maestro se había acercado a ella con malévola dulzura.

María, con los ojos bajos, sintió su aliento helado sobre la frente. Él había murmurado:

—Ay, María, María... No tengas miedo. Si me hubieras desobedecido, te habría matado. Pero soy un hombre misericordioso. Por equivocarte, por romper el espejo, tu castigo será simplemente dormir cuatro noches a los pies de mi cama. Para que sepas quién es tu amo.

Luego había reído y colocado el índice manchado de sangre sobre la mejilla de María. Era la primera vez que la tocaba; había sido casi un gesto cariñoso. Todavía llevaba en la mejilla la huella púrpura y ovalada que le había dejado la yema, quemante como un hierro al rojo.

Esas noches, el dolor y el miedo no la habían dejado descansar. Acostada sobre su jergón, lo había observado moverse en la oscuridad. Se volvía hacia ella, y sus ojos brillaban, rojos en la noche como los de los perros. Cuando él se lavaba las manos en la pequeña jofaina azul, el agua helada burbujeaba y se evaporaba. Se desnudaba y su cuerpo delgado y pálido parecía brillar suavemente.

—Como las larvas en los troncos podridos —pensaba María con rabia y vergüenza, fascinada por la visión de ese cuerpo delgado y lampiño.

La primera noche, desde su lugar en el suelo, María vio una criatura que entró por la ventana. Apareció sobre el alféizar como si se hubiera descolgado de un árbol; primero aparecieron los pies delicados balanceándose y luego, con un leve quejido, cayó el cuerpo sonrosado y esbelto de una mujer desnuda.

—¿De dónde salió? —se preguntó María incrédula, frotándose los ojos ante la aparición que le sonreía. María distinguió los hoyuelos a los lados de la boca carnosa, los ojos muy abiertos y la mano posada sobre el seno.

—Cayó como una fruta —se dijo con estupor.

Pero no había árboles dentro de la muralla, ni uno solo en el patio desolado.

María creyó que soñaba, hasta que se tocó las ampollas de la mejilla.

La mujer —rubia y blanca, parecida a la Virgen de madera de la iglesia—, acuclillada sobre el alféizar, gorjeó dulcemente como un pájaro, con los ojos fijos sobre María, que gemía por lo bajo.

El Maestro extendió la mano. La mujer saltó dentro de la habitación y caminó hacia él, con un gesto de alegría en el rostro. El pelo dorado era una capa que flotaba tras ella. Luego había aparecido una serpiente y a la vista del cuerpo oscuro, del dibujo de diamantes en el lomo sinuoso y la lengua ahorquillada que probaba el aire, María se había encogido hasta convertirse en un ovillo afligido y trémulo.

—¡Ay! ¡El diablo con sus ojos sin párpados, Señor! ¡Salva mi alma! —rogó la muchacha.

Las escamas del reptil, grueso, pesado y larguísimo, hicieron un ruido seco al deslizarse sobre el piso de piedra. La serpiente alcanzó el tobillo blanco de la aparición y subió por su pierna. Ella puso la mano con la que antes se cubría el seno alrededor del hocico chato del reptil. La mujer rió.

María cerro los ojos, se tapó los oídos y rezó las oraciones que le había enseñado el padre Hildebrando, allá en la aldea.

La mujer se tendió sobre el alto lecho, con la serpiente enroscada alrededor de la cintura. El Maestro la abrazó y puso su boca sobre la de ella. El cuerpo sinuoso de la serpiente fluyó entre los dos, sobre los dos; un arroyo negro sobre la blancura lechosa de ellos y María se llenó de una vergüenza oscura y sorda al escucharlos suspirar y gemir.

Las cuatro noches que siguieron fueron iguales: llegaba la oscuridad, con la oscuridad el súcubo deseoso y alegre. La cámara se poblaba de lagartos, serpientes, cuervos y buitres que se arrastraban y aleteaban en un apagado escándalo. María se tapaba la cara adolorida y rezaba y sollozaba hasta que amanecía.

Sentía una rabiosa nostalgia; quería regresar a su pueblo y ver a sus padres y hermanos. Aún no comprendía porqué, aquel día, el Maestro la había elegido a ella precisamente, de entre todas las muchachas de la aldea. Él había llegado montado en un caballo negro, seguido de un grupo de aldeanos medrosos que habían ido a buscarlo.

Recordaba el rostro demudado de su madre, los labios temblorosos y los ojos arrasados de lágrimas. El silencio de su padre, el remordimiento en su mirada. Recordaba la resignada mansedumbre con la que sus hermanos los habían acompañado hasta los límites del bosque.

El padre Hildebrando se había opuesto a que María fuese entregada al Maestro, pero los demás lo habían callado con amenazas.

—La mayoría quiso llamarlo, hija mía —había murmurado el sacerdote, mientras le apretaba la mano—. Pero si sus artes viles y oscuras fallan y la cosecha se pierde, iré a buscarte, aunque los impíos que le temen se opongan. Te lo juro por Dios.

Pero la magia del Maestro era muy poderosa. Seguramente el día que salió de la casa de sus padres para seguir al mago, las espigas se habían limpiado de manchas negras. El padre no había venido a buscarla.

María, con su trabajo, pagaba esa deuda. Se consolaba pensando que los habitantes de la aldea debían sentir mucha gratitud y seguramente honraban su recuerdo. Ahora el Maestro era su amo y ella le servía, trayendo las hierbas para el caldero, la leña para el fuego, cuidando la hortaliza y la torre.

Con un suspiro, María bajó de la roca y caminó de regreso. Faltaba poco para que anocheciera, así que procuraba no ver a los lados y mantener la vista fija sobre la vereda. Aún así alcanzaba a percibir que la hierba se movía suavemente y creía escuchar el paso de pies diminutos. De reojo vio la figura delgada, pequeña como un niño, coronada de hojas y ramas. Era uno de ellos, de la gente salvaje. Nunca los había visto con claridad, siempre con el rabillo del ojo.

Odiaban la luz del sol y odiaban al Maestro, porque había construido la torre en medio de este bosque donde nadie sino ella recogía leña; en este bosque en el que nadie cazaba y en el que nadie recogía bayas, a pesar de que en verano los arbustos de zarzamora se doblaban bajo el peso de la fruta y abundaban los ciervos, los faisanes, los conejos.

El Maestro le había hablado de ellos. "Son más salvajes que tú. Mucho más", decía. "Me odian porque derribé ocho encinas sagradas para construir mi casa. Por eso te necesito a ti, para que traigas los hongos, el acónito y la belladona. Ellos y yo somos enemigos. ¿No te has dado cuenta de que nunca salgo de la torre sin los perros? Son como animales."

—María, María ven —parecían decir la hierba y el viento entre las hojas. Apretó el paso con aprensión.

El sol rojo y grande, se ponía; sombras heladas le acariciaron los brazos. Qué frío. La nariz siempre le go-
teaba con el frío. Deseó estar en la cocina, trabajando
junto al fuego, con los perros a sus pies, llorando por
el perfume de las cebollas que cortaría para el caldo.
Ah, y beber un vaso de vino caliente. Porque el Maestro era generoso: María podía comer todo el pan que
quisiera y beber vino especiado, endulzado con miel y
clavo. El vino le entibiaba el pecho y la ayudaba a
dormir.

No era un mal amo. A veces hacía aparecer espejis-
mos cuando María trabajaba bien: un almendro lleno
de ruiseñores en la gran habitación vacía, un río verde
y sonoro que bajaba por las escaleras —María había
gritado de asombro al comprobar que los escalones
estaban secos— o peces vivos en el caldero de la sopa,
rojos peces que se desvanecían entre los vapores y los
nabos cuando ella hundía la cuchara en la olla.

María aplaudía como una niña. "¡Qué hermosos
son!", exclamaba, aunque en la noche, el recuerdo de
su alegría ante las artes del mago la llenaba de vergüenza.

Buscaría entre sus ropas el rosario de cuentas de
tilo —el regalo de despedida de su madre— para mur-
murar oraciones hasta quedarse dormida.

Cuando llegó a la puerta en la muralla, desató el
cordel que llevaba alrededor de la cintura y sacó la

llave. Era una llave larga y pesada, de hierro cubierto de orín.

Para María, que venía de una aldea pobre donde todas las puertas se cerraban con un leño o una piedra, la llave era un objeto mágico. Cada vez que abría la puerta, era como usar un hechizo, aunque el Maestro le había explicado que en muchos lugares se usaban llaves. Así, la puerta permanecía cerrada sin necesidad de centinela, y aun si no había nadie adentro, se podía entrar.

Entró y los perros la recibieron con ladridos y saltos.

Seguida por los animales recorrió las piedras escarchadas del patio, subió la escalera y encendió el fuego en la habitación del Maestro. Afuera el viento gemía y cantaba. La oscuridad parecía devorar las cosas. María se asomó; a pesar de que la habitación estaba en lo alto y desde ahí se veía todo el bosque, no alcanzó a distinguir nada.

Cambió la paja que cubría el piso por paja fresca y cocinó las cebollas. El Maestro no se veía por ninguna parte. María fregó las ollas con arena, zurció su ropa y esperó a que él la llamara. Nada. Calentó la sopa. Después de comer, se tendió en el banco que hacía las veces de cama y se durmió.

El mago entró en la cocina y se detuvo frente a la figura dormida. La muchacha roncaba quedamente. El Maestro le tocó el hombro con la punta del bastón.

María abrió los ojos y vio el fuego acerado de sus pupilas. Se incorporó sobresaltada.

—Debes ir al bosque a buscar mandrágora. Ahora —dijo el Maestro con brusquedad.

María volvió el rostro a la ventana y vio la noche cerrada. Él sabía que no era posible. Él mismo se lo había advertido decenas de veces. Lo miró, temblorosa.

—La necesito para preparar un filtro. No puedo esperar a que amanezca.

Era imposible, pero María creyó percibir el filo del miedo en la voz del Maestro. Lo miró con ojos muy abiertos.

—Llévate uno de los perros —dijo el mago y chasqueó los dedos. María se llevó la mano al pecho y se aclaró la garganta. El terror la despertó completamente.

—¿Y la gente pequeña? ¡Ya es de noche! —exclamó.

—Ve, María, te repito que no hay tiempo. ¡Ve! No hagas que me impaciente...

En las pupilas grises del mago relampagueó una chispa verde. María sintió las lágrimas rodar por sus mejillas. Él jadeó y extendió una mano temblorosa hacia ella. ¡Temblaba! María gimió cuando el índice largo y blanco le tocó la barbilla. Quemaba un poco.

—Yo soy peor que la gente pequeña. Apresúrate.

El mago dejó caer sus brazos a los costados e inclinó la cabeza sobre su pecho. Se quedó ahí, inmóvil, como un oscuro ídolo tallado en piedra.

María se estremeció cuando desapareció como una vela que se apaga.

Temblorosa, llorando como una niña, encendió una tea y envuelta en sus mantas salió al patio. En el cielo brillaba una única estrella; en lo alto de la torre, el rectángulo dorado de la ventana. Los perros acudieron y María amarró un trozo de cordel alrededor del cuello de Cuervo, el más grande.

Salió al bosque, sacudida por los sollozos. Apenas se distinguían las ramas en la oscuridad, pero a sus oídos, afinados por el miedo y la penumbra, llegaban muchos ruidos. Cuervo se quejaba quedamente, pero tiraba hacia el bosque, adentrándose en el laberinto de árboles. Ella se dejaba llevar, tambaleante, acostumbrándose a la oscuridad. Su capa se atoró en una rama y María cayó de rodillas, gritando. La tea se apagó. El perro se soltó y desapareció.

María se tapó la cara con las manos, mientras el llanto la sacudía como una tempestad a un árbol joven. El bosque resonaba: cantos de viento y lechuzas, las cigarras y, a lo lejos —o tal vez era el miedo—, el aullido del lobo. En la hierba había movimiento, roces, crujidos. María trató de ponerse en pie, para regresar a la torre, aunque el Maestro la castigara. Pero no sabía donde estaba, podía estar de pie sobre la vereda, o lejos de ella. Daba lo mismo. Estaba desorientada y no reconocía nada. Caminó, con los brazos frente a ella como una ciega, como una sonámbula, hundiendo los pies entumidos en la hierba helada. Se hirió los tobillos con piedras y ramas. Su corazón saltó cuando vio la luz.

Se acercó hasta que los vio. Eran morenos y pequeños. Estaban desnudos y se calentaban alrededor de una hoguera. Se cubrían la cabeza con coronas de flores que parecían rojas a la luz de las llamas.

"¿Flores en invierno?", se preguntó María, con asombro.

Cuando la vieron sonrieron como si la hubiesen estado esperando.

Extendieron las manos hacia ella y hablaron en una lengua dulce que María no comprendió. Se acercó llena de miedo y curiosidad. Dos hombrecitos se apartaron para que ella se sentara junto al fuego y le tendieron los brazos. Le acariciaron los brazos con dedos ásperos y tibios.

María dejó de llorar y bebió del cuenco el líquido ácido que se le ofrecía. El jugo rojo de las zarzamoras le manchó la barbilla. María hipaba y se secaba las lágrimas con el dorso de la mano. Uno de ellos —el pequeño y moreno que había visto— puso su cabeza sobre el hombro de la muchacha y le tocó la boca.

Ella sonrió tímidamente, azorada, inquieta. Miró los dulces ojos negros, los pómulos anchos, los labios gruesos, teñidos de rojo. Sintió el aliento de él en el cuello y cerró los ojos.

Cuando amaneció ya no estaban. De la hoguera sólo quedaban cenizas frías.

María se levantó y corrió por el bosque, buscando la raíz amarillenta e hinchada, la mandrágora de los hechizos, entre las raíces de las encinas. Por fin la encontró y regresó sin aliento a la torre. Los pulmones le ardían y tenía la boca seca de miedo.

El Maestro había dicho *antes del amanecer*... Seguramente la castigaría. El dolor aguardaba. Se llevó la mano a la cintura y descubrió que le faltaba el cordel. Había olvidado la llave adentro, sobre la mesa de la cocina.

Enloquecida, levantó una enorme piedra, para abrir la puerta con ella.

Le diría que nunca más iba a equivocarse, que nunca más tardaría. Le suplicaría de rodillas que la perdonara.

Entonces escuchó los cantos de los pájaros con los que el bosque la envolvía. Recordó cómo el elfo le había acariciado los labios. Dejó de temer. La llave no era de ella.

Su corazón saltó de júbilo. Puso la piedra en el suelo, junto a la mandrágora, y sin volver la cabeza se alejó.

La señorita Ortega

Ana García Bergua

Ana García Bergua nació en la Ciudad de México en 1960. Estudió Letras Francesas y Escenografía en la UNAM. Es autora del libro de cuentos *El imaginador* y de las novelas *El umbral* y *Púrpura*.

Aquel día vi a la señorita Ortega mientras estaba sentado en el cubo de las escaleras, mirando por el cristal que daba a la calle y contando volsváguenes. Cuando pasaran veinte rojos, me metería a la casa a hacer la tarea de química: ni un volsvaguen antes, ni uno después. En esas estaba, esperando con muchísima paciencia a que pasara el número seis, y preguntándome por qué ya la gente no compraba volsváguenes rojos, con lo bonitos que eran, cuando pasó por la acera de enfrente, como un tigre entre las palmeras del camellón, vestida a rayas.

Nunca habría imaginado verla por aquí, y eso que conozco a todas las de la colonia, desde las más chicas hasta las grandes, desde las que tienen dieciséis hasta las que pasan los veinte. Yo tengo catorce, pero nunca se lo digo a nadie: sólo mis papás lo saben y Poncho mi hermano menor, y eso porque no me queda más remedio. A todas les digo que tengo dieciséis, a ver si se me hace llevarlas al cine, o a cualquier lugar, aprovechando que soy alto, razón por la cual me llaman el Espárrago. Aunque nunca he tenido suerte, ya sea por falta de dinero, o porque no parece que lo tomen muy en serio, algún día se me cumplirá salir con alguna, estoy seguro.

Decidí dejar para más tarde la contada de coches. Bajé las escaleras del edificio de tres en tres y salí corriendo hacia donde se había ido la señorita Ortega. La ví ya lejos, como a tres cuadras, camino al parque, y pensé que nada perdía con seguirla y ver a dónde iba, pero el gordo Manterola me interceptó al pasar por la tienda.

—Ése mi Espárrago, préstame para unas donas, me dijo a modo de saludo, poniendo en mi camino su camiseta roja agrandada por la panza. Por encima de su pelo podado como el césped de la entrada de su casa, igualito al pobre french poodle de su mamá, alcancé a verla dar la vuelta a la esquina hacia la avenida Nuevos Horizontes.

—De regreso, Manterola, ando apurado. Ahorita vengo, le contesté, y me escabullí lo más rápido que pude por un lado, echando a correr. Oí que el gordo me gritaba conste, Espárrago, yo aquí te espero, conste que no me voy a mover.

Manoteé hacia un lado, como diciendo sí, sí, o cualquier cosa que lo mantuviera en su sitio, y con mucho apuro llegué a la esquina, pero al doblar me tuve que parar en seco y esconderme otra vez.

Ella estaba ahí parada de espaldas, al final de la cuadra frente a la taquería, mirando el reloj. Pensé en pasar a su lado, chiflando o viendo un anuncio, como si nada, pero qué tal que me preguntaba qué hacía por ahí, o peor aun, por qué no estaba aprendiéndome la tabla periódica de los elementos, y qué le contestaría yo. Además, tendría que seguir mi camino hacia alguna parte imaginaria y ya no la podría mirar.

De veras que estaba interesante ese traje a rayas, con su faldita y las medias que hacían juego. Viéndola tan seria en la escuela, uno nunca se hubiera imaginado que por las tardes se convertía en cebra, hasta joven se veía. Me confesé a mí mismo que la cebra me ponía nervioso, qué le iba a hacer. Empecé a sentir mojado atrás de las rodillas y pensé que ya empezaba a sudar de lugares raros, pero no era eso, era el perro del de la tintorería, uno grandote, pelón y gris de ojos azules, que me estaba olisqueando.

Traté de espantar al perro pero estaba de necio, y me dije que mejor ya me iba para mi casa, ya podría mirar más a la señorita Ortega en otra ocasión, aunque en realidad ella nunca se vestía así para ir a la escuela; perdería el trabajo con toda seguridad. Tres cuadras más allá podía ver al gordo Manterola esperándome como un punto rojo, firme como un semáforo esperando sus donas. Me hurgué los bolsillos de las bermudas a ver cuánto dinero hallaba, pensando en cuánto prestarle al gordo, y más bien cómo cobrárselo, a cambio de qué me convendría, cuando ella pareció desesperarse y pidió unos tacos al pastor al taquero que estaba afuera, aburrido junto a la carne que se chamuscaba en su asador. Seguramente, alguien la había plantado y le estaba entrando el hambre.

El perro ese ya me estaba hartando: se iba tantito y luego luego regresaba, me olía los pies, las bermudas, se me trataba de trepar con las patas delanteras. No tengo nada contra los perros, pero si seguía haciendo tanto lío, la señorita Ortega me iba a ver. Agarré una varita de una jardinera y se la aventé hacia la tintorería. El muy tarugo se fue corriendo, yo volví a mi puesto de vigilancia y el gordo pareció aburrirse y se metió a la tienda. Menos mal.

Quién la hubiera imaginado tan seria, tan formal, y ahora estaba echándole a sus tacos medio bote de salsa verde. Ya a mi edad las mujeres me empezaban a parecer un objeto digno de estudio, especialmente las de la televisión y las dos que me habían dicho que no iban conmigo ni al cine ni al parque, pero la señorita Ortega me estaba despertando una curiosidad excesiva.

Y eso que le daba muchas vueltas a las cosas en la cabeza, mientras contaba coches en la escalera, miraba el mundo desde las esquinas o tiraba pelotas al cesto en la cancha de básquet del parque. Cosas así eran las que yo hacía, por lo general, en las tardes, para negociar conmigo mismo la tarea, que tanta flojera me daba. Tantos coches, tantas señoras de pelo pintado que pasaran, o tantas canastas y haría la tarea de esto o de lo otro. Y si no se daba así, pues culpa del destino, de la falta de pintura para coches o de tinte para el cabello. Mi papá me decía que yo iba para chilango

típico, que esa era mi vocación. Y mi mamá se enoja-
ba mucho cuando lo escuchaba. Yo los dejaba discutiendo y me iba al balcón a seguir contando, por
ejemplo, niños en bicicleta, u oficinistas con traje gris,
que ya cada vez había menos. Andaban muy
descocados, los oficinistas. A lo mejor por eso las niñas no se animaban a salir con el Espárrago en
bermudas, por salir con oficinistas.

En esas por fin llegó el que ella esperaba: resultó
ser un señor grande, del tipo de mi maestro Villalpando,
el de civismo. Me acordé que también le debía una
tarea, y esa ni siquiera había pensado después de qué
la haría. Ella lo regañó por hacerla esperar tanto, o por
lo menos eso me hicieron suponer sus gestos, él yo
creo que se disculpó, y por lo visto ella le convidó un
taco de su plato de plástico amarillo en señal de per-
dón. Todo eso me lo imaginé porque no oí ni papa y
apenas lo vi: el perro de la tintorería había regresado
con la varita y ahora estaba dispuesto a hacer sus gracias en mi tenis derecho. A lo lejos, el gordo Manterola
caminaba hacia mí con decisión, ávido de sus donas.
Fue una suerte que el tipo ése pagara los tacos y em-
prendieran la marcha. En cuanto llegaron a la otra esquina, eché a andar.

Bueno, pero ¿a dónde se la iba a llevar, a ver? Cier-
tamente que a una persona como la señorita Ortega,
una maestra, jamás la hubiera yo invitado a salir, pero

no sé por qué me entró como coraje de que ese tipo tan relamido, de los que usan cadena y reloj de oro, paseara con ella con tanta facilidad. Que la dejara plantada y ella no sólo lo perdonara, sino que hasta le ofreciera un taco al pastor. Cruzaron la avenida Nuevos Horizontes, poniéndole él la mano en la cintura, muy caballerosamente, y estaba yo a punto de cruzar tras ellos cuando alguien me tocó la espalda. Espérate gordo, luego te presto, exclamé antes de voltear, pero no era el gordo Manterola, que estaba en la esquina anterior con los brazos en jarras, ni el perro, que se había parado frente a la taquería, sino la hermanita de Ernesto Avendaño. A ése lo admirábamos tanto que nadie se había animado a ponerle apodo: porque a todos nos ganaba en futbol, en básquet, con las muchachas, en todo. A su hermanita de once años apenas le hacíamos caso, de modo que todavía me quedé viendo a la señorita Ortega meterse con su acompañante a la Foto Farallón antes de escuchar qué me decía la chiquilla.

—Espárrago, mi gato se trepó al árbol y no se sabe bajar, ¿puedes tú ir por él?, oí por fin. Le pregunté a cuál árbol y me señaló uno en la contraesquina, a media cuadra del edificio donde ellos vivían. Alcancé a ver, en efecto, la mancha negra y blanca del gato de los Avendaño penando entre las ramas más altas de un árbol pelón que a duras penas lo sostenía. Al rato te ayudo, le respondí, total no le va a pasar nada. Bueno, pero te apuras, Espárrago, me contestó.

Mejor crucé la avenida, no me fuera a preguntar qué estaba haciendo, pero no quería acercarme mucho a la Foto Farallón, no fuera a salir la parejita de improviso y me vieran, y me preguntaran por la tarea, entre otras cosas. Entré a la tienda de marcos y cuadros que estaba en la esquina de la foto y me estuve haciendo guaje mirando unas marinas y una última cena con marco dorado, mientras desde las tres esquinas restantes me espiaban Manterola, el perro gris, la hermanita de Avendaño, y el gato que lloriqueaba cada vez más alto, trepando al árbol en lugar de bajar. Pues qué clase de foto se estarían tomando aquellos dos, que no salían. Me los imaginé posando tomados de la mano, y la verdad me dio mucha risa. En esas, de la puerta de detrás del mostrador salió el Mustang. Era hijo del dueño de la tienda, y le decían así por acelerado. Se me quedó mirando y me preguntó que desde cuándo me gustaban las marinas. Yo le respondí que le quería regalar una a mi mamá, pura mentira, y traté de hacerme pato, pero el otro insistía en hacer conversación.

—A ver Espárrago, si andas desocupado ayúdame a limpiar esto. Ya mero vienen por él.

Se refería a un espejote de cuerpo entero, apoyado en la pared, con un marco pesadísimo de madera labrada. Me dio un trapo, y me instruyó para que limpiara la parte de arriba, por supuesto. No, si el día en que hubiera tormenta, cualquiera podía venir a decirme a ver, Espárrago, tú que eres alto apaga esos rayos. La verdad eso de ser alto tenía sus inconvenientes.

Qué le iba a decir. Me puse a frotar el espejo con ahínco, tratando de recordar cuál era una tarea de civismo que por cierto le debíamos a Villalpando, mientras espiaba al gordo Manterola que estaba sentado en una banca del camellón, haciendo burbujas de saliva, y al perro que se había tumbado junto a él.

También por el espejo vi salir a la señorita Ortega muy de prisa y estirar la mano para llamar un taxi con su minifalda de rayas, mientras su acompañante corría tras ella suplicándole algo. Yo no sé por qué aventé el trapo y salté hacia la calle, si era muy arriesgado, pero llevaba tanto tiempo siguiéndolos que no me iba a quedar sin saber a dónde iban o qué hacían. Por lo menos quería verla por última vez, así que pensé que, ni modo, pasaría por enfrente y le diría qué tal maestra, aunque se estuviera peleando con el novio. Total, caminar uno por su colonia no era de ninguna manera una falta.

En lo que pensaba eso y me apuraba y me acercaba al cuadrito de rayas que tanto me había llamado la atención desde un principio, se paró un taxi. Ella se subió y asomó la cara por la ventanilla, dejándome ver que no era la señorita Ortega, que había seguido a una perfecta extraña, no sólo por lo extraña, sino porque de verdad que era perfecta, más que la señorita Ortega. El señor que la acompañaba hizo un gesto muy feo y violento, y al irse me empujó, dejándome ahí parado a la mitad de la calle, lleno de dudas y, para colmo, de ocupaciones.

Pasé aquella tarde limpiando el espejo del Mustang, porque por andar distraído se lo había ensuciado. También bajé al gato de los Avendaño del árbol y le tuve que convidar a Manterola sus donas, a las que por cierto no tenía derecho. Jugué un buen rato con el perro, aventándole una varita en el parque. La señorita Ortega, la verdadera, no entendió cuando le dije que no había llevado la tarea debido a la escasez de volsváguenes, y tuve que hacer dos tareas más. Eso sí, cada vez que la veo me la imagino vestida de cebra y sólo por eso ya me gusta la química.

14 de febrero

Mónica Lavín

Mónica Lavín (México, D.F., 1955) es autora de los libros de cuentos como *Nicolasa y los encajes*, *Ruby Tuesday no ha muerto* que le valió el premio Nacional de Literatura Gilberto Owen en 1996 y *La isla blanca*, además de las novelas *Tonada de un viejo amor*, *Cambio de vías* y las novelas para jóvenes: *La más faulera* y *Planeta azul, planeta gris*. Sus cuentos aparecen en varias antologías nacionales e internacionales. Colabora en publicaciones de divulgación cultural y científica e imparte talleres de narrativa.

Si han tenido una amiga como Sandra me comprenderán. Sandra y yo pasábamos no sólo todos los recreos en la escuela juntas, pertenecíamos al mismo equipo cuando de investigaciones o tareas se trataba, sino que un fin de semana ella se quedaba a dormir en mi casa y el otro yo en la suya. Su papá renegaba cuando tocaba en la mía, que él la quería ver el domingo pues era cuando estaba en casa. Pero teníamos catorce años y lo que más queríamos era no parar de platicar, escuchar los discos tumbadas en la cama hasta la madrugada, reírnos, levantarnos tarde y ver revistas, vuelta a reírnos, escoger la forma en que nos vestiríamos si tuviéramos esa ropa, reírnos, soñar con los muchachos que nos gustaban. Sobre todo eso, confiar el secreto de quién nos gustaba para que cada una se convirtiera en impecable espía y nos informara si acaso nos había mirado el elegido, si se notaba un poco si le gustábamos, si se murmuraba algo entre los amigos. Sandra que era muy buena para dibujar; siempre hacía unos muñequitos muy dulces que se agarraban de la mano, se acurrucaban bajo un árbol o veían puestas de sol, los ilustraba con corazones o globitos con pensamientos amorosos. Yo que era bastante torpe para eso, le componía pequeños poemas donde aseguraba que el elegido por Sandra no dormía por ella y todo lo que deseaba era topársela en la cafetería de la escuela o en los pasillos. Por eso era tan importante aquella fiesta del 14 de febrero, no tanto por lo del amor y la amistad sino que era un buen pretexto, buenísimo pretexto, para que Sandra pudiera estar con Javier. Vamos, casi era como alfombrar la posibilidad de que se hicieran novios. Nos prestarían la casa club del edificio donde yo vivía.

Habíamos pasado los fines de semana anteriores, a pesar de los enojos del padre de Sandra, pintando enormes corazones en papel terciopelo rojo y haciendo cadenas de papel crepé rojas y blancas que colgaríamos de lado a lado del salón. Teníamos los discos seleccionados y esperando en mi cuarto el momento de llevarlos al salón aquel sábado 14 de febrero. Fuimos corriendo la voz en la escuela entre los de nuestro grado pero también entre los muchachos de tercero, donde estaba Javier. Vaya, si lo que más interesaba a los propósitos de Sandra era que fuera Javier con esa sonrisa, decía ella, preciosa. Porque entonces yo no había puesto mi empeño en nadie, al principio del año me gustó Alberto, pero a él le gustaba Lidia y ni siquiera una sola vez —aunque estuvimos en la pista de hielo juntos y en el boliche (Sandra organizaba esos planes para que Alberto siquiera me mirara)— se puso a platicar conmigo.

El viernes dejamos listos los ingredientes para hacer los sandwiches la tarde siguiente, si los untábamos de paté antes se harían duros y curvos. Así que Sandra quedó en llegar a las cinco, la fiesta empezaba a las siete. A las cinco y media empecé a quitar las orillas al pan bimbo y a untar los triangulitos. Después de un rato me impacienté y llamé a casa de Sandra.

—Por favor, Regina, no le insistas. Tiene fiebre y está llorando en el cuarto, lo que más quiere es ir a esa fiesta. No entiende que con calentura no puede —me recibió la voz de su madre.

Sandra no quiso contestarme el teléfono, su rabia era superior a cualquier cosa.

Dígale que la voy a extrañar, quise decirle, y en vez dije un resignado "que se mejore".

Me tardé en volver a retomar la solitaria tarea de preparar los platones con sandwiches. Pensé en explicar a cada uno de los invitados cuando llegara que se cancelaba la fiesta, qué sentido tenían aquellos corazones rojos y la ropa que esperaba en mi cuarto lista desde el día anterior si Sandra no estaría. La fiesta era por las dos, para las dos y para ella y Javier. Me dieron ganas de meterme a la cama y taparme la cabeza con la almohada.

Mamá se preocupó cuando la llamó el portero para decirle que estaban unas personas esperando en el salón de fiestas y me encontró aún en la cocina. Me vestí a regañadientes, mientras ella me decía que la fiesta saldría muy bien, que habíamos puesto tanto empeño y que yo podía sola. No entendía nada, la fiesta no sería lo mismo sin Sandra. Me dio un beso que esquivé cuando salí dándome los últimos cepillazos. Ni siquiera me detuve a mirarme en el espejo. Tomé los platones de comida y salí hacia el salón en la planta baja.

Cuando encendí las luces me encontré a Cecilia y Andrea, las acompañaban dos chicos de tercero. Preguntaron por Sandra y expliqué que estaba con fiebre. Puse los platones en su sitio y me di cuenta que había olvidado el cerro de discos en mi cuarto. Chicos y chicas comenzaban a inundar el salón que entre corazones rojos y cadenas de papel se veía como el escenario que habíamos querido que fuera. Reconocí a Javier y sus amigos que iban llegando, urgía ir por los discos.

—Bajo enseguida —dije, pero Javier vino tras de mí.

—Te ayudo.

—Es que como Sandra se enfermó olvidé hasta los discos en el departamento —dije para que de una vez Javier lo supiera y para poderle contar a Sandra cómo había reaccionado.

—¿Qué tiene? —dijo por respuesta un tanto fría.

—Fiebre, y lo habíamos planeado juntas.

—Ya verás que sale muy bien —me dijo mientras yo abría el departamento.

De nuevo en el salón no faltó quien estuviera cambiando los discos, mientras yo veía que hubiera refrescos, que las papas no se acabaran. Me sentía manca sin Sandra.

—Vente a bailar —insistió Cecilia y yo me uní a la bola porque entonces no había muchas parejas formadas y pensaba en Sandra tirada en su cama, ardiendo de fiebre, con la boca seca, como yo sabía sucedía, dormitando, pensando en Javier a quien yo alcanzaba a divisar allí junto al aparato de música con sus amigos. Ninguno de ellos bailaba con nadie, así pasaba siempre con los chicos. La mayoría se quedaban con su grupo, entre los refrescos, preparándose cubas a escondidas con alguna botella de ron que alguien había metido. La fiesta se empezó a animar y mi ánimo también. Ya haríamos otra, me consolaba. Escogieron una de esas lentas que aleja de la pista a todos menos a las parejas en romance. Yo fui de las alejadas, así que me fui a servir un refresco.

—¿Qué pasó, no te gusta esta canción? —se acercó Javier.

—Me gusta. Pero ya me cansé —salí por la tangente. La verdad Sandra no tenía malos gustos, los ojos de Javier eran especialmente dulces.

—No te lo creo, vamos —dijo y en un minuto estaba yo bailando suavemente con el chico que le gustaba a Sandra.

No hablamos, sólo dejé que él me llevara con la cadencia de la música, y sentí un descanso de todos los preparativos, la antesala y la decepción por la enfermedad de Sandra; era como si la fiesta llegara a su punto más amable. Al terminar, comenzaron las brinconas de nuevo, esas que Javier ni sus amigos de tercero bailaban.

—Ahora sí puedes descansar —me dijo y nos sentamos en las sillas del salón.

—¿O sea que te pesa lo de Sandra? —preguntó gentilmente.

—Cómo no —respondí sin poder confesarle que todo era para que ella y él bailaran como él y yo habíamos bailado — tenía tantas ganas de la fiesta.

Yo ya había comenzado a sentir que las cosas no eran tal y como debían ser cuando me dijo:

—Tengo un problema.

Acerqué mi oído suponiendo que hablaría en voz baja, me sorprendía su confianza. Su hombro cercano me turbó, balanceé mis piernas y me así al borde de la silla.

—Me gusta una chica —confesó.

Supuse que sería mi momento de gloria, que al día siguiente podría llamarle a Sandra y decirle "le encantas".

—¿Quién? —se me ocurrió preguntarle.

No respondió y se quedó viendo al frente donde las parejas brincoteaban, entonces me señaló.

Se instaló el silencio como un tajo frío. Me quedé turbada, cierta de que me desplomaría de la silla, absolutamente segura de que estaba en un problema pues su dedo señalándome, eligiéndome, provocó un vuelco en mi corazón y una sonrisa involuntaria. Me daba cuenta de que me gustaba, pero que había cedido todo terreno a mi amiga, asumí que no tenía derecho a mirarlo hasta ahora que lo tenía junto a mí, confesando lo que yo no debía oír.

—Es que tú le gustas a Sandra —contesté con torpeza.

—Pero tú a mí —me dijo de frente y me quitó el pelo de la cara buscando mis ojos.

No pude decir más, no era necesario. Sonaron las primeras notas de una canción y bailamos más juntos. Su olor me llegó despacito, su mejilla cerca de la mía, tibia, tibia.

Al día siguiente no sabía cómo contestarle a Sandra. Tardé en salir de la cama a pesar de estar despierta y escuchar los repiqueteos en la puerta de mi habitación. Oía la voz de mi madre: "Está dormida. Yo le digo que te llame". Lo tenía que hacer, enterarme cómo estaba, y cuando me preguntara le tendría que contar la verdad: que había bailado con Javier, que le gustaba y él me gustaba. Me parecía la peor película y el peor papel el mío.

Por fin, hacia la tarde, después de que mi mamá me dijo te llamó Sandra y un chico y que más que nada me importó el que me hubiera llamado el chico que yo sabía quién era, telefoneé a Sandra (que moría de ganas por que ya le contara todo) y le dije que iría a verla.

Entré a su habitación, su madre dijo que estaba mejor, que era una bronquitis pero ya cedía la fiebre. Al verla recostada en la almohada sentí que no tendría el valor, que debía guardar el secreto y decirle a Javier que lo olvidara. Pero sólo de pensar su nombre volvía el recuerdo dulce de sus manos mientras me quitaba el mechón de la frente.

Sandra esperaba la reseña con detalles, pero en cuanto me vio entrar, (me conocía), su cara se ensombreció. Me senté en el sillón al lado de su cama:

—¿Qué pasó?

Entonces, sin describir los corazones que tan bien se veían en el salón, ni quién había ido y a qué horas, quiénes bailaron desde el principio, ni nada más, espeté la confesión.

—Le gusto a Javier y él me gusta. Perdóname, Sandra.

Me quedé un rato quieta, la boca amarga. Sandra volteó la cara hacia la pared y sólo alcancé a ver sus puños apretados. Sabía que lloraba y también sabía que eso no era el acto gentil de una amiga. Intenté acercarme a abrazarla. Me rechazó con un gesto de la mano. Tenía razón, yo era la causante de su dolor. Me sorprendía mi corazón que obedecía a los fieros instintos amorosos y era capaz de traicionar. Debía irme. Horas después, me encontré con Javier en el café como habíamos quedado. Su abrazo me consoló.

Han pasado meses, ya no recibo recaditos con corazones, ni se queda ninguna amiga a dormir para compartir la risa y el insomnio, las revistas y los barnices de uñas. Veo a Sandra en la escuela pero ella apenas y me saluda. Hoy la he llamado y su hermana me ha dicho que no está. He insistido, quisiera contarle lo duro que ha sido elegir, quisiera decirle qué bien la paso con Javier pero cómo me hace falta su complicidad. Suena el teléfono, "qué milagro" escucho que contesta mi madre. Sonrío.

La portada del Sargento Pimienta*

Anamari Gomís

Anamari Gomíz nació en la ciudad de México en 1950. Estudió Letras Hispánicas en la UNAM y estudios de posgrado en Literatura Comparada en la Universidad de Nueva York. Ha publicado en *Unomásuno, El Universal, La Cultura en México* y la revista *Nexos*. Fue becaria del Centro Mexicano de Escritores y es autora del libro de cuentos *A pocos pasos del camino* (1984). Es profesora de tiempo completo en la Facultad de Filosofía y Letras de la Universidad Nacional Autónoma de México. Actualmente es directora del Centro de Investigación Nacional para la Literatura del Instituto Nacional de Bellas Artes.

"Quadrilha" João amava Teresa que amava Raimundo
que amava Maria que amava Joaquim que amava Lili
que não amava ninguém.
João foi para os Estados Unidos, Teresa para o convento,
Raimundo morreu de desastre, Maria ficou para tia.
Joaquim suicidou-se e Lili casou com J. Pinto Fernandes
que não tinha entrado na história.

Carlos Drummond de Andrade

A Charlie Broad, a Marina Fé y a
Argentina Rodríguez.

En un edificio de departamentos que se desmoronó con el terremoto de 1985, una fortaleza construida durante la década de los cuarenta o de los cincuenta, en medio de residencias porfirianas de la colonia Juárez, vivió Teresa casi diez años. Ahora mira por el ventanal de la sala, en la nueva casa de su madre, absorta. El tiempo ha pasado rapidísimo y Teresa piensa en la portada del disco *El club de los corazones solitarios del Sargento Pimienta* de los Beatles. Así, como la misma supuesta tumba que decoraba el frente, que también podía ser una letra P hecha con flores, o una guitarra, algún vestigio debió permanecer en el solar de la calle de Versalles, esquina con General Prim.

---

*Cuento publicado en *La Portada del Sargento Pimienta*, Cal y Arena (1994).

¿En qué año llegó a sus manos aquel long play, cuya carátula aludía a la posible muerte de Paul McCartney? Teresa no quiere enterarse hoy de cómo se desajustó la sólida estructura de aquella vivienda, cómo de golpe y porrazo no hubo más que un polvo blancuzco, cal suspendida y cierto olor. Así le contaron a su mamá, quien por fortuna, cuando enviudó, se mudó a un departamento en condominio, pequeño y aireado, cerca de Ciudad Universitaria.

El disco lo obtuvo Teresa los primeros meses de 1968, el del *Sargent Pepper's Lonely Hearts Club Band*, claro. Debió haber sido así, porque cuando se inició el Movimiento Estudiantil, Ricardo y ella ya no se veían. En aquella época, la de Ricardo, la familia de Teresa alquilaba el departamento 9 del edificio de Versalles y, justo a un lado, en el 8, vivían María Eulalia y su mamá.

Teresa y María Eulalia tenían la misma edad y corrían parejas en una competencia nudosa y célebre entre quiénes las conocían. La madre de Maryeu era una modista de *haute couture*, así que la hija iba vestida a la última moda, y un día parecía la novia de Paul McCartney (la que salió en *A Hard Day's Night*) y otro la modelo estrella de Mary Quant. Teresa contaba con un guardarropa limitado, pero la vida le había concedido la gracia de unos padres intelectuales. El papá, un entomólogo reconocido mundialmente, y la mamá una traductora de francés al español, que amaba a Chabrol, a Resnais, y desde luego, a Simone de Beauvoir y a Sartre, "ese par de mamones", pensaba el padre, que prefería observar durante largo rato un coleóptero acuático del género de los cybyster a que su mujer le endilgara una película "de arte" de las que pasaban en el cine Regis.

De Maryeu, o sea María Eulalia volverá a tratarse más adelante.

Por lo pronto, Teresa rememora con nostalgia las visitas de su novio Ricardo. Juntos resolvían problemas matemáticos, un divertido pasatiempo. Teresa cursaba el segundo de prepa y Ricardo el tercero. Uno quería ser ingeniero químico y la otra actuaria. Además del gusto por las ecuaciones de segundo grado, a los dos los unían unas inmensas ganas de acostarse juntos. Entonces no se usaba tanto tener relaciones sexuales, sino que todo quedaba en besos desaforados, en febriles manoseos con los que Teresa y Ricardo hurgaban el cuerpo uno del otro, todo bajo la gran escalinata del edificio de la calle de Versalles, donde nadie podía verlos.

Con la respiración acelerada y la yugular turgente, Ricardo le apretujaba los pechos a Teté, que al principio lo permitía con mucha culpa, hasta que un algo translúcido en el nylon de sus entrepiernas la perdía y ella misma estrujaba a Ricardo en un largo abrazo, por más que, como opinaba su mamá "tú no estás tan enamorada de ese muchacho", y por pensarlo a nadie se le ocurriría que Teresa y Ricardo se escondieran a besarse ahí donde las escaleras descendían y hacia el final formaban un rinconcito, un escondite. De no haber sido por el muelleo sonoro del elevador que anunciaba con suficiente tiempo la llegada o la llamada de alguien, aquellos novios no habrían tenido la oportunidad de "tocar a vísperas", lo cual quiere decir avenirse a un faje que Dios guarde la hora.

Teresa recuerda con precisión aquella época en la que recibió de Ricardo el disco del Sargento Pimienta en calidad de préstamo, aún más, se lo entregó el novio con la solemnidad de quien deposita toda su fe en un semejante digno de confianza.

—El disco es de mi hermano, te lo encargo mucho porque voy a estar en Aguascalientes como dos semanas.

Bajo el cobijo de las escaleras, con el disco en una mano, Ricardo besó largamente a Teté hasta que Toño, el único e inoportuno hermano de Teresa, entró, sigilosamente y perturbador, por la puerta del oscuro y amplio garaje del edificio. Teresa y Ricardo aguardaron conteniendo la respiración a que Antonio subiera por las escaleras, brincando de dos en tres, y, antes que otra cosa sucediera, se despidieron, de seguro con los corazones casi necrosados por el estrujamiento que les significarían quince días de no verse. Justo en ese momento, hubo un estrépito de coches que entraban en el estacionamiento. Uno era el *chevy* azul claro del papá de Teresa y el otro el *rambler* verde de los Pérez Manso, los del 5, que esta vez traían consigo a su sobrino Rafael. Ricardo y Teresa salieron expeditos de su escondrijo, pero no pudieron evitar los saludos ni las presentaciones. Rafael venía del norte, como el chamuco según las doctrinas esotéricas que le interesaban a la mamá de Teresa, y estudiaría veterinaria en la UNAM. Por un tiempo, "ojalá que mucho", decía la buena señora Pérez Manso, se quedaría el sobrino en casa de los tíos que tenían una sola hija casada con un chicano y radicada en San Antonio, Texas. Rafael había vivido en la ciudad de México algunos años antes, de manera que nada, dijo, le era ajeno en el Distrito Federal.

La escena le provocó a Teresa un arrebato interno. Rafael le recordaba algún personaje de Botticelli. El pelo era de un ensortijado rubio natural, de seguro suave y apapachable como los modelos del shampoo Breck. El Botticelli (habría podido pensar mejor en los retratos de Durero), alto, flaco y nerviudo, de camiseta pegada al torso, cogió su maleta con agilidad, se estiró como un perro afgano cerca de Ricardo, quien visiblemente bajo de estatura, con un acné notable, pero con un algo de Al Jardine de los Beach Boys que le gustaba tanto a Teresa, no intentó ayudar al recién llegado que había dejado dos pesadas cajas en el suelo. Rafael sonrió con la mueca de un yogui, previo a relajar los músculos de la cara, les dio un puntapié a sus bultos y se internó en el elevador con cierta descortesía, sin despedirse más que del padre de Teresa, que en los bolsillos del saco se buscaba afanoso las llaves de su casa.

Al día siguiente, mientras Radio Capital repetía el Hit Parade, Teresa salió esplendente de su casa, con una minifalda de lana color palo de rosa, un suéter blanco de cuello de tortuga y un cinturón dorado que se le detenía en la cadera. Se topó con Rafael en el ascensor, y así la vida se conformaba a sus deseos. Él, sin preguntarle siquiera, se la llevó a comprar cigarrillos.

—Tú has de saber dónde venden.

Rafael hablaba sin miramientos, y entonces ya no parecía un Botticelli. Casi de un disparo invitó a Teresa a salir por la tarde.

—No me van a dejar salir sola contigo. Cómo crees.

—Quién, ¿tus papás o el chaparro con el que estabas ayer, el Armando Manzanero de los güeros, el Paul Williams mexicano, el enano ese con chapas color mertiolate?

Teresa sintió el nudo de la traición en algún lugar del cuerpo, porque le divirtió lo del tono de mercurio cromo que su novio, en efecto, tenía en las mejillas después del jurjuneo abajo de las escaleras. Rafael se inclinaba sobre ella como si fuera suya y la joven se acobardó un poco.

—Invita una amiga y asunto arreglado.

Teresa pensó de inmediato en Anina y no en María Eulalia (quien, ya se advirtió, entrará más tarde en esta historia), mientras el labio inferior le temblaba en aras de mantener una sonrisa. Eso no resultaba seductor, y no podría evitarlo. También se alisaba el pelo constantemente y procuraba mantenerse erguida. Sabía que si se descuidaba se jorobaba un poco.

Anina Zaccagnini aceptó un poco por aburrimiento. Desde que regresó de un *finishing school* en Suiza, no encontraba otro grupo de amistades más que sus amigas de la secundaria. Sus papás, que desde principios de la década aumentaban un jugoso capital que con el tiempo sería enorme, todavía no sabían cómo integrarse a grupos sociales burgueses, aunque sus mejores cartas eran el dinero y sus hijas. Vivían en una casa de la colonia Narvarte, se portaban bastante liberales con Anina y Talía, la otra hija, y trabajaban sin parar en su fábrica ubicada en la Merced. Talía era más sagaz que su hermana Anina, más alta y mucho menos bonita, pero se las ingeniaba para conocer "gente bien", como se dice en México.

Anina resultaba dulce, guapa, piernilarga y buena amiga. Acaso por pertenecer Teresa a una familia culta desde hacía un par de generaciones, Anina buscaba a Teresa con gusto. Los Zaccagnani, entretanto, de estructura proletaria, aún encandilados por el populismo del Duce, pero con ambiciones intensas, no hablaban más que de pasta y obreros, de rendimiento de la producción y de ventas, aunque, eso sí, en un español cada vez más preciso. Anina conducía un *mustang* blanco y a Teresa le gustaba ir contraída en la parte trasera, donde le resultaba tan gratificante el olor a nuevo del coche como sacar la medida áurea de una figura geométrica. En el *mustang*, por ejemplo, los *Yardbirds* sonaban mejor que en la radio de su casa y Teresa sentía que le aguardaba un destino promisorio.

"¿Les gusta el rock?", preguntó Rafael, y Teresa se apresuró a contestar que adoraba a *Procol Harum*, a *Jimi Hendrix*, a *Jefferson Airplane*, que no podía vivir sin la música de los *Stones*, ni la de los *Beatles*, que amaba con pasión a los *Doors* y a *Grateful Dead* y que por supuesto detestaba a los *Monkees* y a los *Creedence Clearwater Revival*.

Rafael manejaba el coche de Anina y por el espejo retrovisor le echó un ojo a la informada Teresa. Llevaba a las dos amigas a escuchar un ensayo de rock justamente. Teresa acudía embelesada. Rafael le gustaba tanto: el timbre de su voz y su facha renacentista, que la habitual seguridad de la muchacha se transformaba en sutil torpeza. Pero desde el principio se percató de que Rafael por quien se sentía atraído era por Anina, a quien observaba y luego, cada vez que la chica hablaba, seguía mirándola a sus anchas, incluso cuando había ratos de silencio. Las dos jóvenes iban incómodas. Una por despertar el interés de quien para nada le sugería un Botticelli y la otra porque no lo despertaba ella.

Rafael entró a la avenida Reforma forzando las velocidades y cantando. En la radio tocaban *Puff the magic dragon, lived by the sea*. Una cierta náusea se le instaló a Teresa en la garganta cuando pasaron por el Museo de Antropología y se le hizo evidente, frente a Tláloc, que los largos brazos de Rafael buscaban con cualquier pretexto a su amiga. De hecho, casi se abalanzó sobre Anina, cuando en un alto subió la ventanilla del lado de ella, en el instante en que se soltó la lluvia. "Yo no sé qué te gustaba tanto del tipo si olía a colonia de taxista", le comentaría Anina a Teresa mucho más tarde.

Llovía copiosamente cuando se estacionaron afuera de una gran casa de las Lomas. Entraron por un pasillo largo, de decoración entre neoclásica y versallesca. Se entendía que Rafael había estado allí otras veces, dado que saludó con afecto a la sirvienta y luego él mismo condujo a las muchachas a un gimnasio de piso de parquet, de grandes dimensiones y cuyos inmensos ventanales permitían admirar una alberca de tres trampolines y lo que muy al fondo del jardín seguro era una caballeriza. Por lo menos así lo recuerda Teresa.

Continuaba la lluvia y desde aquel sitio, ante el inmenso jardín, se sentía una grata afinidad vegetal. En una esquina del gimnasio se encontraban los instrumentos musicales. Anina se emocionó con la batería, ya que de haber podido habría sido baterista. "Pues decídete", le sugirió el que ahora, a ojos de Teresa, semejaba más un luterano retratado por un pintor de quinta categoría.

Una criada entró con un servicio de café y anunció que el señor Renato estaba por bajar.

—Renato es el cantante del grupo. Esta casita es de su suegro, un gringo millonetas. Qué chulada ¿verdad? —informó el norteño, que hacía las veces de anfitrión por atender a Anina con verdadero esmero.

Al poco rato entró el Requinto, un tipo inteligente, pensaría luego Teresa, que estudiaba música en el conservatorio y biología en la UNAM. El Bajo, que resultó primo lejano de Rafael, no hacía más que comentarios vitriólicos, se quejaba de la cursilería de los mexicanos y usaba lentes azules de contacto, cosa que se le notaba a leguas porque tenía una mirada de poseído, y calzaba botas de tacón.

Renato resultó encantador y guapo, "un Warren Beatty muy venido a menos", opinó la exigente Anina. Lo acompañaba su esposa, una mujer muy muy joven y con una prominente barriga de embarazada, quien no paró de conversar y de reírse con el Bajo. "Who brought those groupies here?", le preguntó a su marido. Anina y Teresa, que estudiaron en escuelas bilingües y no en el Sagrado Corazón, adoptaron actitud de niñas de escuela de monjas. La joven preñada, sin embargo, las ignoró para siempre.

El Requinto y Renato habían hecho algunas escaramuzas musicales entre ellos, pero el ensayo no se inició sino cuando apareció el Baterista, que apenas saludó para poner con rapidez manos a la obra. Anina recordó con fervor ese momento durante muchos años. Lo primero que tocaron fue "Pretty Woman", sin interrupciones, por calentarse. Renato se la dedicó a su gorda antipaticona. Luego fue "The House of the Rising Sun". Con la voz de Renato medió la del bajo, que sonaba muy afilada. La gracia de "The Saints", que así se llamaba el grupo, consistía en copiar a la perfección a grupos ingleses y norteamericanos. Renato y el Bajo imitaban con devoción la voz de Mick Jagger, la de Jerry García de Grateful Dead, la de Jim Morrison, la de Lennon y la de McCartney, la de Eric Burdon, la de Roger McGuinn de los Byrds o la de Bob Hite de Canned Heat. Las guitarras y la batería hacían sus propios artificios emuladores y cada uno de los Saints podía haber brillado como solista, según se decía.

La tarde transcurría entre sonidos eléctricos, una lluvia empecinada que le venía de perlas a la atmósfera del gimnasio, y la desazón de Teresa, que se acordaba con culpa de Ricardo y se sabía despreciada por el ex-Botticelli.

Anina, por su lado, lejos de corresponderle a Rafael, se hallaba subyugada por Fito, el baterista, quien tuvo que notarlo, aún durante su frenético registro de percusiones, puesto que al terminar el ensayo se dirigió a ella para invitarlos a todos a su departamento. Rafael hubiese querido negarse, pero los "Saints" eran sus mejores cuates en la capital. A Fito lo conoció en Tijuana y de allí habían viajado juntos a Gringolandia, donde Fito le consiguió dinero, estancia y eventualmente un trabajo. Así que, con los ojos puestos en Anina y Anina en los de Fito, Rafael aceptó, pero el Requinto, el Bajo, Renato y la millonaria preñada declinaron unírseles.

Fito rentaba un departamento de la colonia Condesa, junto con su hermana Cristina. Ella y Fito habían estudiado High School en Estados Unidos. Ahora la una se dedicaba al modelaje y el otro al rock and roll. El departamento resultaba extraño. Las paredes de la estancia estaban pintadas de negro y, a manera de sillones, sólo había grandes cojines de tela hindú con espejitos. No había mesa de comedor, pero sí una visible discoteca, una única silla Knoll, espumosamente blanca, y un botellón verde que, aunque sin foco, sostenía una pantalla beige encima. No se veía otro mobiliario en lo que, de manera convencional, hubiera sido la sala y el lugar de comer.

Fito puso el disco del Sgt. Pepper´s y le pidió a Anina que lo ayudara a preparar unos sandwiches, mientras Rafael y Teresa, ambos con la frustración a cuestas, hablaban sobre la portada del LP, mal sentados en los almohadones, mal alumbrados, malqueridos los pobres.

—Se supone que la P es de Paul y no es la forma de una guitarra.

—Sí, de Paul McCartney muerto. Es su tumba —dijo el exflorentino.

—¿Entonces te sabes eso de que si al disco le das vueltas al revés dice "Paul is dead" o algo así?

—Sí, hay muchísimas "huellas". También conozco todas las pistas al respecto de la portada de Abbey Road.

Los otros se dilataban en la cocina. Rafael hacía como que no lo notaba y Teresa apuraba una plática desaliñada.

—Y qué ¿te ocuparás de pequeñas especies cuando seas veterinario?

La verdad era que a Rafael sólo le faltaba el guantelete o como demonios se llamara para llevar con él un halcón amaestrado. Le costaba a Teresa no gustarle si siempre estuvo segura de que le gustaría a todos los hombres. Entró al baño para mirarse al espejo y descubrir dónde se encontraba la falla. Quizá en que ella no poseía un *mustang* o en no ser tan alta como Anina o en que Rafael sabía de la existencia de Ricardo o en que simplemente así sucede: un día aparece un personaje de Botticelli y la química de atracción física se torna defectuosa, se atasca en un único cuerpo y al final, si hay suerte, se esfuma como llegó y el afectado deja de estar cautivo. Como sea, Teresa se conmovía con el desamparo de Rafael, que padecía, a lo mejor, más que ella.

Cristina, la hermana de Fito, entró como una corriente de aire. Teresa se acuerda de ella, de momento, muy a la Twiggy, pero pudo no haberse parecido en nada a la modelo inglesa. La acompañaba un individuo que traía un libro de Krisnamurti bajo el brazo y que, una vez echado en el suelo, comenzó a leerlo en voz alta. Fito y Anina salieron por fin con un plato lleno de pequeños sandwiches. Cristina que hasta ese momento no había reparado en nadie, saludaba ahora a Teresa y a Anina como si las conociera de toda la vida.

—Traje un pastel de queso y chocolate para el *refine*.

El de Krisnamurti, que semejaba un indio cora ata-
viado para una celebración, extrajo de su morral un
carrujo de marihuana y se abocó, abnegado, a
expulgarla. Cristina cambió a los Beatles por Janis
Joplin, mientras el Cora, en calidad de oficiante reli-
gioso, escarbaba la yerba, ajeno al ritmo, por cierto
raro, de la reunión.

Teresa, que no sería la primera ocasión que viera
fumar mota, se inquietó. Miró a Anina como quien
busca apoyo, sólo para encontrarla con la atención
puesta intensamente en Fito. Rafael, desde el principio, arguyó que la marihuana no le producía más que
un fatigoso sueño. Tere dijo no gracias, así nomás,
mientras el Cora le insistía en que fumara empuñán-
dole el cigarrillo y conteniendo la respiración. "Ni
loca", argumentaba Teresa para sí misma, y sonreía al
mismo tiempo de puro formulario. Sin embargo, una
incapacidad genética, por el lado materno, le impedía
decir que no. Flaqueó. En parte por hacer lo contrario
que Rafael o acaso para impactarlo, cogió el cigarrillo, ya convertido en una bachicha, y, a imagen y se-
mejanza del oficiante, aspiró el humo, lo detuvo en la
boca lo más que pudo y repitió la misma operación un
par de veces, ante las miradas estupefactas que le echaba
el Cora. "Ya no le metas, maestra, que está re-fuerte".
Rafael se volvió a Teresa, entre desdeñoso y un poco
asustado para advertirle de los efectos de la marihua-

na. Anina y Fito se besaban, fumaban, se miraban. Cristina aprovechó su demorado turno valiéndose de un pasador que se quitó de la cabeza y con él aspiró el resto de la yerba. No, no tenía nada que ver con Twiggy, habrá comprendido hoy Teresa. Cristina llevaba el pelo largo y aquella vez debió haberlo traído recogido en la nuca, como se usaba. ¿No?

Al poco rato, Teresa descubría una nueva dimensión en el mundo de los objetos. Las cosas podían agrandarse o empequeñecer. Fijó la vista en uno de los dijes que le colgaban del cuello al Cora y el tipo se lo agradeció con un "¡Uf!" que sonó infinito. "Oh Lord, won´t you buy me a Mercedes Benz" daba la quinta vuelta, hasta que alguno sugirió un cambio de música. Cristina se incorporó con lentitud, o así lo percibió Teresa, y puso Los Panchos, luego se escabulló rumbo a la cocina y a poco regresó con un cremoso pastel que partió en pedazos con suma parsimonia. "Cómeme", decía el postre, y Teresa obedeció.

De pronto, Teresa tuvo la certeza de que en su casa la descabezarían. Había caído en la cuenta del transcurso inexorable del tiempo. De tan alterada que estaba, Anina tuvo que marcar el número telefónico.

—Toño, ¿ahí están mis papás?

—Simón, están viendo *Los vengadores* para entretenerse y luego afilar la guillotina que te aguarda. Pero te paso a la jefa.

—¿Dónde estás Teresa?

—En casa de Cristina, mami, una amiga de Anina.

—Son las 10 y pico de la noche ¿a qué hora piensas regresar?

—Orita vamos a cenar y luego voy para allá.

—¿Quién maneja?

—Un hermano de Cristina, mamá.

—No más tarde de las 12, por favorcito.

Al menos contaba con casi dos horas para quitarse de encima la sensación de que antecedían largas pausas a cada uno de sus movimientos y de sus enunciados, aunque fuesen cortos y triviales.

Rafael sabía que Teresa estaba angustiada y quiso tranquilizarla. Le dio limón a chupar y hasta le acarició la brillosa coronilla de la cabeza como lo haría con un cocker spaniel.

De regreso en el auto, Teresa recuperó su sentido del tiempo y de la perspectiva. La dejaron a ella primero y luego Rafael condujo a Anina hasta su casa, en el *mustang*. Nadie habló en el camino. Rafael volvió en taxi a la calle de Versalles, cuando ya Teresa debía dormir quieta y apacible como un gato.

Pocos días después, Anina estaba en casa de Teresa. "¿Me detestas, Teté?" Pero Teresa sabía que Anina se había mantenido al margen de las insinuaciones de Rafael, que se había tragado como una cafiaspirina la más mínima inclinación a coquetearle y que además

Fito la había trastornado. "Lo único abominable es que mi mamá invitó hoy a comer a la Maryeu", de seguro lo dijo así Teresa, que confiaba en Anina y cerraba así el capítulo de Rafael.

Durante la comida, la mamá de Teresa, que se vestía como Juliette Greco y se movía con cierta cadencia actuada, discutió con su marido a la hora del postre. "Mis papás siempre escogían público para pelearse", se dice Teresa, y fue en eso que sonó el timbre y Anina se adelantó a abrir la puerta.

Era Rafael que no pudo evitar turbarse ante Anina: tan alta, tan espigada, como él, y "vestida —según la reseña de Maryeu— con un vestido de jersey de algodón, de estampado psicodélico de Oleg Cassini auténtico". Anina derramaba modernidad, desde luego, pero a los ojos de Botticelli era más importante, de seguro, el pronunciamiento de los pechos, la solidez de los muslos y el rostro y los ademanes de la muchacha, que la ropa que usaba.

—Vengo a invitarlas al Pao Pao, que es un café cantante en el que se presentan los "Saints".

La mamá de Teresa lo hizo pasar, en lo que el papá se encerraba en un cuarto lleno de insectos encapsulados. En la cocina hervía el agua de una cafetera italiana, y la casa entera olía a caracolillo y planchuela, explicó la Maryeu, sabihonda y modosita, que se sentó enroscando una pierna sobre otra y así se presentó con Rafael.

Maryeu era muy mona y menuda, según la definía la mamá de Teresa, estudiaba no se recuerda qué y tenía la virtud de calcar, como ya se advirtió en un principio, a cualquier jovencita en el candelero. Teresa se burlaba de su habilidad para el camuflaje, pero en realidad se trataba de una envidia sorda. Con un presupuesto bajo podía verse la Maryeu tan bien vestida como Anina. Claro que Teresa primero se mordía la lengua antes que alabarle el atuendo a su vecina, quien, por su parte, le rendía a Teresa cierta admiración. No se ha dicho que Teresa era guapa, a pesar de que había días en que podía verse no muy bien, obtenía buenas calificaciones y se sabía historias orientales en las que entender de números acentuaba el interés de los cuentos, lo que a Maryeu le resultaba pasmoso. Como sea, a Teresa no le pareció mal que Maryeu entrara en el grupo que iría a ver a los Saints.

—¿Cuándo llega Ricardo?— preguntó Maryeu.

—Ya mero —le contestó Teresa sin empacho.

Y de nuevo se fueron a recorrer calles en el *mustang* blanco. Se intrincaron en la colonia Juárez, al fin que había tiempo de sobra, y salieron a la avenida de los Insurgentes, frente a una de las calles que llevan a la Zona Rosa, con Dylan en la radio. Teresa iba en el asiento delantero y se dedicó a sintonizar bien la esta-

ción para no perderse *Don´t think twice, it´s all right*.
Cerca de Rafael reprimía su gusto incorregible, hor-
monal por el ex-Botticelli.

Hacía aire cuando bajaron del coche, por lo que
Maryeu se protegió el pelo con las manos. Rafael acaso admitiría para sí mismo que Teresa tenía muy buenas piernas, y Anina habrá sentido taquicardia, próxima
como estaba a ver a Fito.

Esta vez los *Saints* ofrecieron una *zuppa inglesa*:
Stones, Kinks, Procol Harum, Pink Floyd, Herman´s
Hermits y, claro está, Beatles. El sitio estaba abarrota-
do de jóvenes. A Teresa le continuaba atrayendo Rafael, en lo que él miraba de reojo a Anina y aceptaba,
ni modo, haber perdido ante Fito. Maryeu reparaba
con desdén en la concurrencia del Pao Pao. Después
de una pausa seguida de *Mrs. Brown you´ve got a
lovely daughter*, Fito fue a sentarse a la mesa y, aunque no fumaba, Maryeu le aceptó un cigarillo.

En la segunda parte, cada uno de los *Saints* mostró
sus habilidades individuales. El Requinto fue ovacio-
nado. Tocó a la Jimi Hendrix. Maryeu, entretanto, se
había ausentado para ir al baño. De hecho, sólo oyó la
batería de Fito y cuando terminó la tocada, se disculpó de todos con cierta displicencia y desapareció como
un fantasma.

Del Pao Pao se fueron a comer pizzas todos los
miembros de los *Saints*, menos Fito, que prometió al-

canzarlos más tarde. Rafael y las muchachas los acompañaron. Anina estaba mosca, es decir, sacada de onda, y miraba la puerta de entrada del restaurante con impaciencia.

—Lo detesto al imbécil. ¿Sabes que esa vez en su casa *fajamos*? ¿Qué sería así nomás el asunto y luego si te vi ni me acuerdo?

—Anina, no creo que sea para tanto. La gente *faja* y a veces eso significa algo y otras no. Qué lo determina, no lo sé, porque yo no sé cómo son estos cuates. Después de todo, Rafael es el más normal ¿no? Y mira, escarceos eróticos, como le dice mi mamá al faje, hasta mis vecinas las de arriba, que van a un colegio de monjas. Pero no te desesperes, a lo mejor sí viene Fito.

Pero nunca llegó. En esa ocasión Anina y Rafael la pasaron mal. Teresa, sin embargo, se divirtió conversando con el Requinto y con el mismísimo Bajo. Renato hizo mutis pronto, con cierto rostro de alarma. Su esposa, ahora sí, estaba por parir.

El Requinto, el Bajo y Rafael decidieron irse a jugar pókar, así que Anina llevó sola a Teresa. "Ciao, seguro que te llamará", dijo Teté advirtiendo que una media la tenía corrida y compadeciendo a Anina, que, de un arrancón, desapareció por la calle de Versalles.

Teresa abrió serenamente el portón de entrada al edificio y se encontró con que Ricardo, su novio, descendía apresurado las gradas de la escalinata, bajo la cual se besaban con verdadero ardor, y sin que nadie los viera, Fito y la Maryeu.

—Te vino a dejar el cuate ese ¿verdad?

—Me trajo Anina y ¿a qué cuate te refieres?

—Al norteño ese (PAUSA DE RICARDO Y PAUSA BAJO LAS ESCALERAS). Mira, Teresa, me has estado viendo la cara con ese marihuano.

—Estás completa, total y absolutamente equivocado.

La discusión entre los novios se intensificó. Eulalia y Fito no se atrevían a salir de su escondite, aunque Maryeu no aguantaba las ganas de orinar. Con una voz casi sorda, pero suave, Maryeu musitó un desesperado "Fito, debo ir al baño", en lo que Ricardo hablaba impetuoso, como actor de teatro:

—Ya lo sé todo, Teresa. Sales con el baterista ese de los *Saints* o como diablos se llamen.

Teresa intentaba contar la historia, una historia en la que ella sería sólo testigo de los amores no correspondidos de los otros. Bajo las escaleras, Maryeu anunciaba con el rostro afligido que "ya no podía más", pero Fito la apretaba contra él y le chupaba el cuello.

Serían cerca de las once de la noche. El elevador no funcionaba y varios focos de la lámpara del vestíbulo se habían fundido. Se hizo una penumbra muy de portal. De algún departamento salía una sonata de Beethoven. El rumor de la calle se percibía apenas: la sirena, a lo lejos, de una ambulancia, las voces de los pocos transeúntes de aquella hora. María Eulalia sufría lo indecible, apenas podía contenerse ya. Fito la retenía con fuerza, la hundía en un abrazo neptúnico, en lo que Teresa y Ricardo empezaban a engrescarse. Toño se asomó por el pasillo del primer piso, se había deslizado hasta allí como una lagartija, y le gritó a su hermana que subiera lo más pronto posible. "Sí, por favor, que ya se vaya esa imbécil", suplicaba para sí Eulalita, que se mesaba los pelos, todavía bien peinados dos minutos antes. Fito la miraba con esa súbita pasión que se invoca en las canciones y a lo mejor pensaba en las *Supremes*, las rememoraba con su oído musical, mientras la Eu volvía con lo de su imperiosa necesidad de descargar la vejiga. Ricardo, por su lado, debía experimentar un grado importante de humillación y Teresa se encontraba confundida e irritada. Después de todo, para ella, los últimos días habían sido muy entretenidos, más que con Ricardo que le exigía y la mangoneaba: "resuelve diez ecuaciones simultáneas en media hora, no te pintes, me cae mal Anina, tu hermano es insoportable, etcétera."

—No podemos seguir nuestras relaciones, Teresa.

—Bueno, si no me crees, como tú quieras.

—Dejarás las matemáticas por alguna estupidez que te ofrezca el pendejo ese.

—Oye, a mí las matemáticas me gustaban antes de conocerte a ti. Qué te pasa, Ricardo.

Fito comenzaba a solazarse con la disputa de los novios. María Eulalia estaba ya fuera de sí, así que cuando el galán le subió la falda para acariciarle los muslos, en lo que Ricardo le reclamaba a Teresa todo lo que le había regalado, le metió un rodillazo en la barriga al percusionista. No fue doloroso, por lo que el roquero aguantó la embestida sin proferir queja alguna, pero intentando no reírse, así que sumió su boca en un hombro de Maryeu.

—Mañana me llevas todo a la escuela y no vayas a olvidar el disco del Sargento Pimienta ni mis libros.

"No", decía Teresa llorosa y descorazonada, aunque su abatimiento correspondía más a la manera en que uno se debía comportar en esas circunstancias que a una verdadera expresión de sus emociones.

—¡Teresa! —gritaba Toño a la mitad de la escalera del primer piso—. ¡Teresa, papá está enfurecido!

—Súbete, Antonio, ya no me tardo, pero desaparécete, por favor.

Beethoven apagaba los destemplados gritos de los hermanos. Ricardo lagrimeaba, aunque sería de puro orgullo, lo que ablandó a Teresa.

—Espérate, no te vayas.

Maryeu odió con todas sus fuerzas a Teresa. La imaginaba aplanada en el vestíbulo, como una caricatura.

"¿Y yo, por qué demonios debo permanecer escondida aquí?" Se decidió a abandonar el escondite, sin miramientos. En menos de lo que canta un gallo estaría abriendo la puerta de su casa y, en un segundo más, haría pipí, resguardada por los objetos y la complicidad de su cuarto de baño. Pero en ese momento un ruido de motor se oyó. Eran los Pérez Manso, quienes entraron al zaguán, saludaron efusivos a Teresa y a Ricardo y luego debieron advertir que algo no andaba bien entre los jóvenes, e hicieron mutis enseguida. "Ahora", se dijo María Eu, con las piernas apretadas. Fito quiso besarla y ella, que había cerrado los ojos de pura impotencia, se soltó del largo brazo, justo cuando el elevador funcionó de nuevo, abrió su puerta y depositó a la señora Eulalia, de bata larga color cereza, en la planta baja.

—Teresa ¿qué sabes de Maryeu, creí que estabais juntas?

—Bueno sí estábamos, pero volvimos en coches diferentes —dijo Teresa para no provocar más desaguisados o porque no se le ocurrió otra excusa.

Ricardo interpretó lo de "coches diferentes" como prueba del engaño de Teresa, y con un "adiós" definitivo, se fue.

—¡Teresa! —aullaba Toño para hacerse oír, ya que algún vecino había puesto La Polonesa a todo volumen.

Teresa se soltó a llorar por cerrar, de algún modo, el asunto, pero sin verdadero sentimiento. La señora Eulalia se afligió y por un rato se olvidó de su hija.

—Os habéis enfadado. Pero ya pasará, guapa, ya pasará.

Maryeu, como luego se lo contaría con todo detalle, años después, a Teresa, en un acto de verdadera confesión, procuraba respirar apenas. Sentía el aliento de Fito sobre su nuca y un gran desasosiego. "Ya no puedo más", se dijo dándose por vencida, mientras su madre y Teresa comenzaron a subir por las escaleras.

"Veinte años y pico pasan volando", dijo la madre de Teresa, vestida a la Juliette Greco, claro. El edificio de la calle de Versalles había quedado como la portada del Sargento Pimienta: una muchedumbre de recuerdos, unos más vivos y otros medio muertos.

Teresa era ahora doctora en física, casada con un economista brasileño y estaba a punto de parir su segundo hijo. Anina, para 1985, vivía en Milán, divorciada. Maryeu había contraído nupcias con un junior que la abandonó dejándola con tres niñas hermosísimas, a las que la abuela les cosía para vestirlas como modelos de revista. Fito fue contratado por un grupo muy conocido en Estados Unidos y murió de un pasón a mediados de los años 70. El Bajo y el Requinto se doctoraron en ingeniería uno y en biología el otro, y siguen siendo roqueros. Tocan en un grupo donde todos son cuarentones. Rafael se regresó a Tijuana hace años y se metió al PRI.

—¿Y de tu novio aquel Ricardo, Teresa, qué sabes? —pregunta la mamá, que pone un disco de Yves Montand.

—¿De Ricardo? Nada, parece como si se lo hubiera tragado la tierra.

Una mañana de abril

Beatriz Espejo

Beatriz Espejo nació en el puerto de Veracruz, cursó la maestría y el doctorado en letras en la Universidad Nacional Autónoma de México. Ha publicado varios libros de cuentos como *Muros de azogue* (1979) y el *Cantar del pecador* (1993). Ha ganado numerosos premios como el Premio Nacional Colima de Narrativa y el Magda Donato. Por su libro de cuentos *Alta costura* recibió en 1996 el Premio Nacional de Cuento que otorgan el INBA y el Gobierno del Estado de San Luis Potosí.

Un salón de clases pequeño. Tres hileras de pupitres y apenas una docena de alumnas vestidas de azul marino, con grandes cuellos blancos sujetos por un botón redondo. El sol entra franco al ventanal. Nos impregna de su luz tan azul como el cielo que aparece tras los vidrios, basta con alzar la vista volteando hacia la izquierda La luz cae de lleno extendiendo su suave tibieza como saludo galante. Al frente, está el maestro de latín. Usa traje de tweed algo raído en el borde de las mangas, corbata roja tejida, camisa a rayas no muy bien planchada. Elige un gis y escribe sobre el pizarrón la lección del día. Anima-animae-anima-animam. Insiste en enseñarnos declinaciones. Gracias a él sabemos que esa lengua necesita cuido, mucho cuido, como dice la cocinera de mi casa cuando me muestra los souffles dentro del horno. Preferimos conjugar algunos verbos. Resulta tan sencillo aquello de amo, amas, amamus, amavit, amat.

El profesor ha sido seminarista; sin embargo no se consagró sacerdote porque le falló la vocación en el último momento. Tiene treinta y tres años, lo cual indica que es casi viejo. Trata de mantenerse estricto. Lo lamentamos cuando asienta calificaciones en las boletas mensuales. Un nueve representa grandes empeños, recitar las *Catilinarias*, Quo usque tandem abuture, Catilina, patientia nostra? quamdiu etiam furor iste tuus nos eludet? quem ad finem sese effrenata iactabit audacia? Demostramos una audacia sin límites repitiendo aquello sin que medien titubeos ni suspiros, de sopetón y puro corridito, como si fuera el objetivo supremo de nuestras vidas. ¿Hasta cuándo, Catilina, abusarás de nuestra paciencia? La paciencia no se nos agota ni al profesor tampoco. Reverenciamos al tribuno admonitorio, cantando réquiems desde su cátedra. Pronunciamos en voz alta cada frase. El maestro aprendió al dedillo los cincuenta y seis discursos de Cicerón que se conservan. Hubiera deseado ser orador, sólo que padece una tartamudez incurable. Recorre atentamente a sus discípulas, una por una. Empieza de atrás hacia adelante. Al toparse conmigo sentada en primera fila desvía la mirada y salta al pupitre siguiente. No puede soportar mis actitudes retadoras, porque el profesor Ponchito está profundamente enamorado de mí. Todas lo dicen. Es un secreto compartido que me niego a escuchar haciéndome disimulada; pero cuando le pregunto algo se sonroja invariablemente y su incómoda respuesta será más tartamudeante que de costumbre, como si estuviera enfrentándose al padre coadjutor. Acabo de cumplir dieciséis y ya he descubierto la manera de poner a los hombres en apuros.

Repito con las demás. Nihilne te nocturnum praesidium Palati, nihil urbis uigiliae, nihil timor populi... En cambio de Catilina que no siente temores, al profesor Ponchito le aterra el pueblo representado por nosotras. Me afano en no equivocarme. El profesor recula ante mi aplicación y prefiere explicarle a Carmen Ávila el ritmo noble del latín clásico, la enorme urbanidad de su economía sintáctica, y el alma se le va en un hilo si sonrío con las piernas cruzadas metidas en tobilleras color carne que me llegan hasta las rodillas y presumo un fuego dorado que mantengo sobre el pecho. Un fuego que las demás notaron y él se esfuerza en ignorar, aunque parezca una estrella, un refulgente amuleto secreto. Se agranda si bajo la cabeza para verlo, se achica si lo olvido un rato.

Las otras jovencitas llevan también tobilleras color carne; pero ninguna sabe un segundo significado del término. Todas son vírgenes y a casi todas las aburre eso de O tempora! o mores! El tiempo está excelente y sólo los abuelos se quejan de la moral contemporánea. Yo no me aburro en clase de latín, no sólo porque me divierte la turbación del maestro cada vez que me aproximo a él, lo cual por otro lado me parece un misterio muy hondo que empiezo a develar, sino porque imagino a Cicerón con su gran verruga en la nariz conmoviendo a las multitudes. Me fascina el poder de las palabras. Quiero ser escritora. Redacté mi primer cuento. Las monjas lo publicaron en una revista de la cual salió un número huérfano en papel couche con letras tan azules como nuestros uniformes. Escribí escuetamente la historia de un mercader igualito a los que asoman sus cabecitas enturbantadas en *Las mil y una noches*. La maestra de literatura dio su visto bueno, la de psicología su aprobación. Ponchito se apretó todavía más el nudo de su corbata y movió la cabeza afirmativamente y por primera vez apareció mi nombre en letras de molde, aunque hubiera sido acompañado por noticias de mayor trascendencia. Contaban el noviazgo de otra alumna a punto de casarse apenas obtuviera el diploma del bachillerato; de otra que se despedirá de nosotros porque su papá fue nombrado embajador, de una tercera que recibió un perfume de Jean Patou en el último baile de Jockey Club por ganar un segundo premio con su abanico de concha nacar y encaje negro. Mi cuento aparece en medio de tales maravillas y me siento feliz.

Aparte soy feliz por muchas razones. El maestro Ponchito me califica siempre con diez, lo mismo que la maestra de literatura. El diez de la maestra de psicología importa menos porque lo apunta despreocupadamente hablándonos de sexo, fumando a escondidas de las monjas, tragándose el mundo a grandes y olorosas bocanadas, sin preocuparse por nuestros ligeros estremecimientos con las menciones de ese sexo que nos sube desde la entrepierna hasta nuestro precipitado corazón. El mío late muy aprisa, quisiera escaparse por el ventanal rumbo a las nubes deshilachadas que cruzan el firmamento. Tac-tac-tac-tac, suena bajo el uniforme de lana. A veces le pongo la mano encima para sentir sus alegres movimientos. Soy feliz. No lo pongo en duda ni un segundo. Lo compruebo al mirar el blanco mosaico del piso o el techo blanco o el cutis blanco de mis compañeras. Me basta con fijarme en mis zapatos que por las tardes boleo meticulosamente, o en las plumas Sheaffer´s colocadas sobre la paleta de mi pupitre o en mi portafolios imitación piel de cocodrilo recargado contra las patas de la silla. Repito: Senatus haec intellegit, consult uidet: hic tamen uiuit; pero si el senado romano sabía todas las maldades de Catilina, yo en cambio ignoro una cantidad inmensa de cosas. No sé cómo saben los besos. Jamás he dormido con un hombre, ni he oído respirar tranquilo su reposo de guerrero a mi lado, ni tomé responsabilidad alguna sobre mi persona ni sobre nada más; sin embargo no tengo dudas sobre el futuro. Me basta con el presente resguardado entre los muros de mi casa donde los papeles están sólidamente distribuidos. Alguien provee, alguien organiza. Los niños obedecemos en una maravillosa rutina de sopa caliente servida sobre manteles almidonados. Ninguna circunstancia cambia ese orden supremo. Creo en Dios y en su inabarcable corte de ángeles y serafines. Lo imagino sentado en un trono de esmeraldas, atento a los pasos de la hormiga empeñada en trepar por el tallo del rosal. Rezo ante una Guadalupana colocada a la entrada de la capilla. Le pido que Ponchito siga dándome dieces al por mayor, que no se muevan las hojas de los árboles sino del mismo modo que se mueven esa mañana radiante. Me gustaría quizás crecer un poco, soy la más bajita del salón y la menos agraciada. No tengo la piel marfilina de Carmen Ávila, ni la mata de cabello castaño de la otra Carmen, ni el seductor perfil de Adoración, ni la boquita de Alicia. No parezco un esbelto bambú flotante como Beatriz, ni una reina sofisticada en un desfile de modas como Manuela, ni comparto la timidez angelical de Rosa, ni la riqueza económica de Nelly, ni el optimismo contagioso de Evangelina, ni la gracia de Antonieta, ni me muevo con la seductora tersura de raso con que se mueve Bertha. Tengo una gran confianza en mí misma que no me dan los dieces de, el relumbrón grasoso de mis zapatos ni mi primer cuento publicado. Me lo da el coche de Cabalán a las dos en punto de la tarde frente al portón principal de la escuela. Supongo que llega minutos antes porque siempre encuentra el mismo lugar. Brilla como salido de la agencia sobre sus cuatro ruedas cara blanca, lleva la capota bajada esperándome bajo las sombras de los

truenos florecidos en las aceras. Su dueño viste camisa de mangas cortas que descubren unos brazos
musculosos y velludos. Su risa perfecta ilumina el
universo, ilumina sus ojos de laguna clara bordeados
por la floresta de sus negras pestañas. Cabalán y yo
fuimos vecinos desde que el recuerdo nos alcanza,
celebramos juntos cumpleaños que marcaron nuestros
primeros pasos por esta existencia placentera. Aprendió a montar en bicicleta mientras yo lo veía alejarse
hacia la esquina, porque nunca logré mantener el equi-
librio y me quedaba como tonta en medio de unos tu-
bos pesados y unas ruedas que se negaban a girar,
dejando que su mamá me lavara las espinillas ensan-
grentadas. La mamá de Cabalán es una verdadera oda-
lisca y no le importa mi inoperancia física. Supongo
que Cabalán nunca ha pensado tampoco en mí como
cirquera; pero para compensar las cosas yo presumía
las bandas de aplicación que siempre me dieron las
monjas. El me contestaba que no necesitaba esforzar-
se demasiado porque apenas creciera su papá le com-
praría un banco. La contundente respuesta me
amilanaba; pero al minuto se reía con esa hermosa
sonrisa suya, recogía para mí la fruta desparramada
de las piñatas, me servía platos con enormes trozos de
pastel en nuestras fiestas. Y ahora llega día tras día a
la puerta del colegio. Compra los boletos que Alicia
le vende para tardeadas y kermeses de caridad, cruza-

mos algunos comentarios, me envuelve con la mirada y me dice adiós cuando abordo el coche que mandan a buscarme cada mediodía. Eso es todo. Ni a él ni a mí se nos ocurre romper normas establecidas; pero se me figura un sheik poseedor de extensos territorios petroleros. Aún así, lo dejo poner en marcha el motor y despedirse con la mano, segura de que volverá mañana y de que bailaremos en la primera oportunidad que se nos presente; sin embargo, para ser sinceros no baila demasiado bien y necesito sacarle la conversación usando estrategias adecuadas. Lo inhibo con mis proyectos intelectuales y mi decisión inquebrantable de entrar a la Facultad de Filosofía y Letras tan pronto termine el curso y Ponchito acabe de darme dieces y la maestra de literatura de aprobar mis cuentos incipientes y la de psicología de hablarme sobre un sexo que no he conocido ni remotamente.

Para completar la perfección faltaba un detalle. Un detalle mínimo aunque molesto. Nunca pude ser hija de María. Y por tanto no me asiste el derecho de llevar sobre el uniforme la medalla de plata forjada que les otorgan a las hijas de María luego de asistir veintiún sábados seguidos a misa de nueve en la Enseñanza. Veintiún sábados no representan demasiado sacrificio. Es posible entretenerse y hasta entrar en una especie de ensoñación viendo las machincuepas que pegan los oros en las columnas de los altares y escuchando los graves sonidos de los órganos o las notas altísimas de los violines al entonar himnos, secuencias, antífonas, responsorios o aleluyas; pero mi propio padre siempre intercepta esas idas y venidas. Le pone tentaciones a mis buenos propósitos. Y sucumbo sin remedio a la fiesta continua que propone. Lástima que tengas compromiso, dice partiendo una toronja, pensamos pasar el día en Cuernavaca, o desayunaremos en el Sanborn´s de los azulejos, o planeamos ir a los bazares de la Lagunilla que cierran los domingos, o nos invitaron a comer en Querétaro. Mis fuerzas flaquean. El año terminará. Sólo seré aspirante a hija de María y jamás tendré la medalla de plata. Se lo cuento a Cabalán en uno de nuestros encuentros. Me compadece desde el fondo de su anima-animae y se despide sacando su forzudo brazo por la ventanilla; sin embargo es muy compasivo y busca un remedio, el único remedio que encuentra alguien a quien su padre podría comprarle un banco. Me regala una medalla de la Guadalupe rodeada de brillantes, pendiente de una cadena.

Catilinam orbem terrae caede atque incendiis, repetimos a coro. Y no necesito a Catilina para incendiar la redondez de la tierra. La medalla sobre mi uniforme despide sus rayos dorados, es mi piedra filosofal, mi fuego prendido, palpita al compás del tac-tac-tac-tac de mi corazón, me asegura que en algunos

momentos de la vida la felicidad es posible, que
Cicerón era muy elocuente y Catilina un malvado, que
estoy protegida y segura, que el tiempo va a detener-
se, que no existen el miedo, la angustia, la enfermedad ni la muerte, que el sol entrará por las ventanas
extendiendo su tersa cobija, que nada cambiará y que
a las dos de la tarde sin falta un automóvil estará esperándome siempre a la salida de la escuela.

Graduación

Edmée Pardo

Edmée Pardo nació en la Ciudad de México en 1965 y estudió sociología en la UNAM. Es autora de los libros de relatos *Pasajes*, *Lotería* y *Rondas de cama*, además de novelas como *Espiral*, *El sueño de los gatos* y *El primo Javier*. Coordina talleres y colabora en suplementos. Fue becaria del FONCA.

Fui a la graduación de sexto de primaria con peinado de estética, uñas manicuradas y vestido largo. Pasé la mitad de la tarde con mujeres que teñían su edad y limaban su ánimo entre olores de fijador para cabello. Era la primera vez de todo eso: iniciaba mi vida de señorita con la certeza de que el anhelo de ser grande, de crecer, empezaba a cumplirse. Entré al salón de fiestas con apariencia hasta entonces desconocida: fue la noche inaugural de la mujer en la que me convertí.

Los invitados obligados: papás, abuelos, hermanos, se marcharon temprano porque, como parte del festejo, pasaría la noche en casa de Susana. Después de recibir mi diploma brindamos con vino, cenamos comida acartonada, bailamos un rato y partieron. Me dio gusto ser yo la que se quedaba y no como de costumbre ser la primera en irme. Cuando llegó el mariachi, a Susana y a mí nos dio por buscar restos de botellas de vino y beberlos de un trago. Nos reímos mucho a causa de la velocidad que crecía adentro y nos rebasaba, la noche se hizo más festiva y de tan animadas entonamos a toda voz letras que ni conocíamos. La mamá de Susana no comentó sobre nuestro estado, aunque para sacarnos los zapatos, encontrar el camisón y qui-

tarnos el rímel, tuvimos dificultades. A la hora de
meternos a la cama todo daba vueltas, era entre mareo
y risa; apenas con los pies en el piso, haciendo tierra,
pudimos dormir. A la mañana siguiente la luz, el ruido, nuestro propio cuerpo, nos parecieron algo nunca
experimentado.

Así que entré a la secundaria habiéndome gradua-
do de niña. Está de más decir que muñecas, peluches
y vestidos adornados con encaje, salieron del cuarto
aquellas vacaciones. En su lugar aparecieron carteles
de ídolos musicales y un par de faldas cortas. Por esos
días aprendí a manejar: camino a la escuela, papá era
el copiloto y yo conducía el carro entre sustos y gritos;
llegaba a clase con las manos sudorosas y la falda tre-
pada a los muslos que según el reglamento debía cu-
brir la rodilla. Empezaba a dirigir mi vida, era yo la
que iba al volante de mi destino, aunque me apenaba
no domar mi cabello ni ocultar las manchas de sudor
en la blusa del uniforme. Me sentía rara con el tamaño
de mis pechos y me arruinaban las mañanas los cóli-
cos de cada mes.

Pasaba las tardes fundida al teléfono hablando con
Susana de no sé qué; con ganas de llorar sin razón
precisa. Había muchas emociones nuevas que no sabía cómo ordenar.

Lo mejor de aquella época fueron los viernes que
iba a dormir con Susana, donde la vida era más fácil

porque sus papás estaban divorciados y la mamá salía a cada rato. Poníamos música a todo volumen y nos servíamos un poquito de cada botella, para que no se notara la baja de nivel, mezclado con refresco de toronja o cocacola. Ahí, durante esas noches, no tenía duda de quién era yo, no me asustaba manejar, ni mi cuerpo nuevo, mucho menos reprobar química porque estaba segura que memorizar la tabla de los elementos era inútil. Yo pensé que aquello lo debía a Susana, mi cómplice, mi verdadera amiga; pero al año siguiente cuando se mudó del país porque la mamá volvió a casarse, me di cuenta de que no era sólo ella la que me hacía sentir así: libre, segura; sino esa mezcla de licores y refresco.

Para segundo de secundaria en todas las fiestas había alcohol, sangría muy supervisada por los papás o clandestinamente en las chamarras de los chavos. Yo prefería mi bebida más cargadita pero no tanto como para vomitar a media calle como los hombres. Escuchaba la música y memorizaba las letras, todas hablaban de cosas que tenían que ver conmigo: era como si me abrazara el oleaje en que me mecían las palabras y las copas. Entonces, cuando en las tardes me quedaba sola en casa, servía un trago de lo que fuera, chiquito, para estudiar mejor, para no meditar en el futuro ni en Sergio que se empeñaba en ocupar todo mi pensamiento. Disfrazaba el aliento a alcohol con una buena lava-

da de dientes y pastillas de menta de esas que parali-
zan la lengua. Mi vida familiar parecía menos incómoda, menos estricta a pesar de la ausencia de Susana,
y hasta gustaba de estar con ellos los domingos que en
la comida bebía dos copas de vino.

Pasé a tercero de secundaria hecha una mujer, una
mujercita según mi abuela. Entallaba vestidos que
acentuaban mis formas, traía las uñas barnizadas de
colores claros, manejaba el coche de mis padres y go-
zaba en cualquier oportunidad de las cosquillas y si-
lencios que da el alcohol. Pero sucedió que en un par
de fiestas perdí el estilo. Una vez me caí, pretexté el
escalón pero sabía bien que era el mareo delicioso que
llena la sangre de burbujas. Otra vez estuve besándo-
me con Sergio y dejé que metiera mano y tocara mis
pechos; eso me lo contó él días después porque no
recordaba nada.

A diferencia de mi graduación de sexto, la de tercero de secundaria fue un viaje a Taxco. Eramos jóvenes hechos y derechos que no necesitábamos papás
para aburrirnos frente a una cena de lomo en salsa de
ciruela acompañado con puré de papa. Ibamos maleta
en mano tras el mundo con algunos maestros de su-
pervisores; aunque ante la bandada de alumnos fue
poco lo que pudieron hacer. La pasamos subiendo y
bajando por el funicular, adentro de la alberca, en la
compra de plata, encerrados en las habitaciones don-

de alguien había conseguido clandestinamente licor. Hay cosas que no recuerdo bien, por ejemplo la noche en que el compañero de cuarto de Sergio desapareció unas horas y nos dejó a solas, apasionados, sin control. Me vine a dar cuenta de lo sucedido al regreso del viaje. Casi todos en el camión venían dormidos por los desvelones y las borracheras. Yo sentía el cuerpo adolorido y la urgencia de tomar una cuba o cualquier cosa. Quería salir de mi cuerpo, de mí, perderme de mi propia vista. Quizá por eso, y sin darme cuenta, bebí cada vez más y pasé a los acostones sin ton ni son. Ignoro cómo me salvé de salir embarazada: me encantaba la sensación simultánea de anestesia y peligro.

Mis padres supieron lo que sucedía, me explicaron que tenía todo: juventud, cariño familiar, comida, techo, inteligencia, la posibilidad de un futuro promisorio. Pero aún así quería beber cada tarde de lluvia, cada fiesta, cuando estaba sola, cada que alguien llegaba a mi casa. Sí, entonces lo tenía todo.

Los laberintos del sueño

Alejandra Rangel

Alejandra Rangel nació en Monterrey, Nuevo León, estudió Filosofía y Letras. Ha sido directora de la Red Estatal de Bibliotecas Públicas de Nuevo León y del Consejo para la Cultura de Nuevo León, organizador de tres encuentros internacionales de escritores entre otras actividades. Es coautora del libro Mujeres y otros cuentos y autora del libro de cuentos *Desde la penumbra* (Ediciones Castillo, 1996).

Esa mañana había asamblea y las alumnas se concentraban en la entrada de la escuela, cuchicheaban, y se ponían de acuerdo para llevar a cabo los planes. Las frases del día anterior aún retumbaban: uniforme verde de gala, pañuelo rojo al cuello, zapatos negros bien boleados y el cabello en orden, de preferencia recogido. Además les habían anunciado la visita del inspector general y, con ello, la promesa de un paseo en el campo si las cosas salían bien.

En esta ocasión le tocaba a Margarita representar a toda la escuela, sería la encargada de dar el mensaje de bienvenida, lo cual ponía nerviosa a la directora, pues Margarita, aunque era una de las estudiantes más brillantes, se distinguía por una inquietud que no le permitía estar mucho tiempo en el mismo sitio y un ingenio para provocar lo inesperado. Su maestra de planta se había comprometido a asegurar la conducta de las estudiantes, así como a vigilar con atención cualquiera de los movimientos.

Al llegar Margarita esa mañana, pudo darse cuenta de cómo se agrupaban las compañeras alrededor de Josefina. Se acercó a ella para comprobar si llevaba la bolsa negra de plástico, al mirarla, le mandó el mensaje con los ojos. Cada vez eran más las alumnas congregadas en la entrada. Había una explosión de voces: Órale, todas a participar. Al principio muchas no entendían lo que pasaba, se iba corriendo la voz: Zurra a quien se raje. Y como en el juego del teléfono descompuesto, al final nadie recibía el mismo mensaje, a excepción de las organizadoras.

Ya en el salón de clases, la maestra se enfrentó al exceso de energía y la ausencia de concentración de las alumnas a quienes pidió una lectura en silencio con el fin de tranquilizarlas y tranquilizarse, faltaba media hora para iniciar la Asamblea. Margarita, con su inquietud permanente, no dejaba de moverse y de hablar con las compañeras. La maestra le permitía ese ir y venir, pues entendía su ímpetu, su necesidad de movimiento, podría decirse que disfrutaba al verla libre y dicharachera.

Alta, robusta, con una sonrisa en los labios, la maestra las miraba fijamente y las controlaba desde el fondo del reflejo de sus ojos, desde el fondo de su cuarto de niña. Era como el parpadear de una lámpara de fotografía, como el aleteo de los pájaros por la mañana, como el fundirse con ellas.

Ese año los directivos se habían propuesto ampliar los salones de la escuela, mejorar el auditorio y los jardines del patio principal, y necesitaban el apoyo de las autoridades. Tal vez esto explicaba el esmero con el que se preparaban los últimos detalles para recibir al inspector.

En el Salón de Actos resonaba el taconeo de las alumnas, mientras un aire fresco se colaba por las ventanas y terminó por despertar a quienes aún no lograban desperezarse. Podían oírse las órdenes de las autoridades, se sentía el nerviosismo de una formalidad exagerada en esos momentos. Eran obvias las risas y pláticas de las estudiantes. Había un alboroto parecido al de una fiesta que inmediatamente era reprimido por las maestras.

Zurra a quien se raje, habían dicho. Pasara lo que pasara todas debían quedarse inmóviles mientras Margarita subía al estrado. Los ojos de la maestra con el espejo de sus juegos de niña se detenían frente al grupo, más allá de las bancas colocadas en hileras, del templete con los micrófonos y los manteles de fieltro verde. Ella con sus muñecos de trapo simulando una escuela, intentando construir las imágenes, buscando la forma de hacerlos hablar. Ella de nuevo junto a sus personajes. Como después frente a tantos grupos de alumnas que le exigían cuentos de hadas e historias de aventuras.

Severo, de traje oscuro, arribó el inspector seguido de toda la comitiva, aquello parecía un mitin político. En ese momento se había aumentado la tensión por el ajetreo constante de sus acompañantes: el de la guayabera, el del teléfono celular que no se mantenía quieto. La directora con la cabeza erguida y el cuerpo más derecho que una estaca no terminaba de dar las gracias con la efusividad de quien se esmera en quedar bien con los visitantes.

Después de las presentaciones de las autoridades y los saludos vino el turno de Margarita, quien de pronto salió como aparición de entre los asientos del auditorio: una silueta movediza toda de blanco, con el uniforme de deportes y los tenis azules. Al verla se hizo un profundo silencio que duró tres segundos, los suficientes para que la directora casi acabara con la mirada a Margarita. Ella caminaba con tal aplomo como si nada sucediera, como si llevara su impecable uniforme de gala. Se colocó en el podio y desde allí comenzó la lectura: Bienvenido, Señor Inspector, las alumnas de la escuela Libertad queremos agradecerle su visita y decirle que en estos salones de clase estudiamos mucho para ser mejores. Así continuó hablando del país, de la importancia de la educación. Mientras lo decía, el corazón le latía apresuradamente, imaginaba las consecuencias de cada palabra, de cada sentido. Ya para terminar y sin papeles en la mano, agregó: Inspector, a nombre de mis compañeras queremos hacerle una petición: que nos deje ponernos tenis y jeans en lugar de uniformes.

Todo el Salón de Actos se estremeció de la risa para después pasar otra vez al silencio, esta vez más profundo, aunque seguido por los aplausos de las compañeras, quienes no dejaban de ocultar su asombro al ver a Margarita envuelta en la blancura del ropaje. El pasmo se reflejaba en los rostros de la directiva: horror, sorpresa, coraje; nadie dejaba de mirar la sonrisa nerviosa del inspector y de sus acompañantes que intentaban simular calma y controlar la situación.

No pudieron evitarse las carcajadas que comenzaron de nuevo cuando Margarita pasó entre las sillas hasta regresar a su lugar. La directora, fuera de sí, desde la mesa principal intentaba improvisar un discurso. Era inútil, imposible concentrar la atención del auditorio. Su maestra de planta no ocultaba la admiración hacia su alumna, el deseo de correr a abrazarla.

Al fin de la reunión, maestras y maestros se agolpaban alrededor del inspector quien se disculpó de no quedarse al refrigerio, aun cuando ya lo había confirmado. Casi por instinto todo el personal de la escuela miraba a la maestra de Margarita con aire acusatorio, inculpándola como si ella hubiera propiciado ese desorden y rebeldía.

Para la directora resultaba incomprensible cómo habían logrado esconder unos tenis y el uniforme blanco. Así se lo dijo a los papás de Margarita, a quienes inmediatamente llamó para informarles que su hija estaba castigada en la prefectura de la escuela. En privado regañó a la maestra con gritos y enojos hasta decirle que era la última vez que una alumna suya representaba a la escuela. Ella tuvo que soportar resignada el sermón y aguantar la presión hasta la hora de la salida.

La maestra vivía sola. Cuando llegó a su casa sintió un alivio al saberse en un espacio seguro. Encendió la computadora. Atenta a la pantalla reinventaría la historia que había sucedido unas horas atrás. Frente a la máquina que estaba llena de juegos y acertijos comenzó a manejar los programas: "Excalibur" o "salva a la princesa" fue el primero en salir. Era su juego favorito, casi lo sabía de memoria. De pronto advirtió en sus imágenes la presencia del caballero negro que jalaba a Margarita de la blusa mientras ésta gritaba a sus compañeras: ayúdenme. Eran tres las figuras que salían por túneles, puertas falsas y escaleras de un lugar desconocido. Unos escudos metálicos tapaban por momentos la imagen de su alumna que aparecía y desaparecía en la pantalla. Desde su sitio fuera de ese universo enloquecido, la maestra recorría los espacios a gran velocidad para no perderla de vista. En cada movimiento advertía las posibilidades de encontrarla ante una puerta o un calabozo. Margarita se zarandeaba, caía entre las oscuridades y los callejones sin salida. La maestra intentaba proteger aquel cuerpo que no podía descuidar.

Habían pasado varias horas desde que abrió la pantalla, pero ni tiempo de mirar el reloj. La habitación estaba oscura, las persianas herméticamente cerradas para no permitir la entrada del sol. No podía despegarse del juego, dejar de ganar puntos. Sin que lo hubiera notado, era ya de noche y ella seguía a Margarita hasta una extraña sala de un castillo de aspecto misterioso.

Sintió hambre y por unos momentos abandonó la computadora para comer algo. A su regreso no encontró a Margarita, una flecha le indicaba que había caído dentro del calabozo. La palabra "Excalibur" centellaba en la computadora. El cansancio la iba venciendo.

Desea dormir, en su memoria golpean las imágenes del Salón de Actos. Recuerda que esa mañana pensó que sería un día diferente. Sin embargo ya en la almohada apenas puede reconstruir la historia, todo se multiplica y crece. Sueña con el rostro de una adolescente parecido al de la fotografía que guardaba en sus cajones. Quiere tocarlo, pero no alcanza a llegar con sus brazos y al mismo tiempo está allí junto a ella, como antes estuvo junto a sus muñecos.

Una luz intensa la despertó cuando el reloj sonaba las 6:30 de la mañana. Recordó el juego de "salva a la princesa", ya no tenía tiempo, era necesario llegar temprano a la escuela. Dejó que el chorro de agua fría le cayera por todo el cuerpo hasta recuperar la fuerza. Se vistió con rapidez y llegó con sus alumnas a quienes encontró preocupadas pues Margarita, al terminar la asamblea, se había escapado de la prefectura y ni los papás tenían noticias de ella.

La maestra empezó a escuchar interiormente la voz de Margarita pidiendo auxilio, no podía explicar lo que pasaba. La angustia fue en aumento hasta la hora del recreo, cuando se decidió a pedir permiso de regresar a casa pues el dolor de cabeza era insoportable y el desasosiego la hacía moverse sin rumbo.

Lo primero que hizo fue encender la pantalla. El Caballero Negro apareció acompañado por voces que continuamente repetían: hay dos vías, escoge una para alcanzar a la princesa, atención: una es falsa. La maestra tomó el camino de la derecha que daba a un pasadizo donde creyó ver a la princesa. Excalibur le dio la oportunidad de hacer una pregunta, sin dudar ella escribió ¿Cómo se llama la prisionera? Después de unos segundos respondió: Margarita.

Al decirlo hizo aparición un laberinto, con el cursor se enfrentó a puertas, pantanos movedizos, corría entre campos minados y ruidos electrónicos que señalaban los puntos a favor y en contra. Debía mantenerse muy alerta ante las trampas ocultas, ante los trechos ganados y después de estar a punto de extraviarse regresó el caballero negro jalando de nuevo a Margarita.

La maestra observó una sala donde unos rayos de luz blanquecina bañaban los muros, alcanzó a ver una franja entre el pasadizo y el siguiente cuarto. Disimulando, se acercó a la luz y comprobó que efectivamente había un espacio abierto que conducía a otro sitio. Intentó que el cursor se apoderara de Margarita y, presionando, logró empujarla hasta introducirla en el otro cuarto. El caballero negro, al darse cuenta, corrió tras ella pero una puerta le había cerrado el paso. Golpeó con furia, intentó romperla con lo que encontraba a su alcance. Eran tantos los movimientos que el cursor oscilaba de un lado hacia el otro, vibraba. La maestra lo sostenía sin permitir que el caballero negro se acercara o mirara el hueco de luz.

En la pantalla parpadeaban las luces intermitentes, sonidos en forma de timbres. De pronto se dibujaba la escena de un puente levadizo por donde Margarita salía del castillo. Y una voz ronca y fuerte anunció: Fin del Juego.

Para la maestra era un alivio ver desaparecer de la pantalla la silueta de Margarita, por fin terminaba el acertijo. Pensó en ella. Comenzó a culparse de lo sucedido, a perder el ánimo. Al otro día su sorpresa fue encontrar a Margarita dentro del salón de clase. Se veía cansada, como si hubiera regresado de una larga caminata. A sus compañeras les dijo que se había quedado a dormir en casa de una tía. Entre su maestra y ella cruzaron las miradas con un aire de complicidad. En esos momentos la maestra se detuvo en el espejo de sus ojos de niña mientras Margarita le guiñaba el ojo.

Corresponsal de guerra

Berta Hiriart

Berta Hiriart nació en la ciudad de México en 1950. Se dedica a la escritura de cuentos, novelas, y obras dramáticas. También es directora de teatro e imparte talleres literarios. Su novela *Feliz año nuevo* ganó el Premio Colima 1994 para la mejor obra publicada. Tiene escritos más de diez libros, siendo los de más reciente publicación la obra de teatro *Ensayo de luces*, el manual *El ABC de un periodismo no sexista*, la novela para niños *Las Aventuras de Güicho Quintanilla*, el libro de cuentos *Lejos de Casa* y el cuento en edición bilingüe español-inglés *En días de muertos*.

Smalltown, en un día helado pero feliz de 1999

Querido diario:

Estoy que vuelo. Fui la mejor en español y me dieron un diploma enfrente de toda la escuela. Mis papás estaban de lo más orgullosos. Sienten que el premio es también para ellos porque nunca dejaron de hablar español en la casa, no como los papás de Rosa y de Juanita que hacen como si ya se les hubiera olvidado. El profesor Sanders también se quiso llevar un pedazo del premio. Dijo que el mayor mérito es de los Estados Unidos que da iguales oportunidades a todos los que vivimos aquí. A mí no me importa compartir el premio con mis papás, el profesor Sanders y el país entero porque tú sabes que mi único deseo es llegar a ser una corresponsal de guerra como las que están ahora en Yugoslavia y escriben todo lo que ven. Así que tengo que practicar la escritura en español, inglés y, si es posible, chino, porque nunca se sabe dónde se darán las próximas batallas. Mis papás dicen que estoy loca, que ellos nunca me dejarían ir a un lugar peligroso, que mejor escriba historias de amor. ¡Qué tontería! Nada me parece más aburrido que las estupideces que pasan en la tele: Jane quiere a Bill, pero Bill quiere a Dorothy, y Dorothy quiere a Steve, quien obviamente quiere a Jane. ¡Puf!

A mí lo que me interesa son los grandes asuntos de la Historia y los grandes asuntos están muy lejos de Smalltown, donde nunca pasa nada más allá del concurso de bingo, la *barbecue* de los vecinos o el bailecito de graduación. Lo peor es que faltan siglos para que pueda ver y contar otras cosas. Más con estos papás que apenas me dejan ir al cine, que quisieran tenerme guardada y que hubiera un túnel para ir de la casa a la escuela, de la escuela a la casa, sin ver jamás el mundo real. Son buenos tipos pero no me entienden. No se dan cuenta de que no se puede escribir sobre la guerra sólo por lo que dicen en la tele, como hice ahora en mi composición de los Niños de Yugoslavia que ganó el premio, porque en la tele dicen un montón de mentiras. Dicen, por ejemplo, que los americanos están salvando a un pueblo de una limpieza étnica como la que hicieron los nazis, pero lo que ves es que esa gente está muriendo no sólo por la limpieza étnica sino por los bombardeos de los heroicos soldados americanos. O sea que: o los matan los de allá o los matan los de acá, pero lo más seguro es que se mueran. En fin, no voy a echarme a perder el gusto por mi premio, ni por las tonterías de la tele, ni por los idiotas de Eric y Dylan, quienes mientras el profesor Sanders decía su discurso y me daba el diploma, me veían con sus caras de malos de película y luego dejaron un papel sobre mi mesa que decía: ¿Te crees mucho, *grease* sabelotodo? No sé cómo traducir *grease*, querido diario, pero quiere

decir algo así como morena asquerosa. Ojalá que sueñe con Bob para que se me quite el mal sabor del estúpido recadito.

Smalltown, un domingo cualquiera de 1999

Querido diario:

Hoy fuimos Salvador y yo con mi papá a la Feria de
las Armas que se hizo como cada año en el *West Side*.
Había un gentío que no te imaginas, casi todos hombres y casi todos blancos, y como mil mostradores con
toda clase de rifles, pistolas, ametralladoras y fusiles.
A mí las armas me dan algo de miedo, siento que se
van a disparar en cualquier momento, pero pensé que
tenía que verlas bien porque cómo voy a ser corresponsal de guerra si no puedo ver un arma de cerca, así
que me animé hasta a tocarlas. Además mi hermano
me daba la lata con que: "Mariquita, ¿para qué viniste
entonces? Te hubieras quedado en la casa con mami
preparando la comida". El vendedor era muy amable.
Me dijo que a los chicos de mi edad sólo pueden ven-
derles rifles de caza y me enseñó uno y lo fácil que era
cargarlo y disparar. Claro que yo no iba a comprar nada
porque sólo llevaba para un refresco y además porque
no. Pero el vendedor me insistía y empezó a rebajar el
precio. De verdad me hizo reír. A Salvador le gustó

una Smith & Wesson calibre 38 que costaba cuatro-
cientos dólares, pero mi papá le dijo que en la casa
sólo él, mi papá, podía tener un arma para defender-
nos en caso necesario. Entonces Salvador me dijo en
secreto que él va a juntar dinero para comprarse una el
año que entra. En eso estábamos cuando llegaron al
puesto de junto Eric y Dylan, con sus gabardinas de
Los Intocables y demás payasadas, y se pusieron a ver
los rifles muy serios, como si fueran gente grande que
trae dinero. Por fortuna no nos vieron. Yo no tenía las
mínimas ganas de que empezaran con sus cosas, menos estando con Salvador que a ratos se siente el muy
gallito. Así que distraje a mi hermano y me lo llevé
hasta donde estaba mi papá, quien se había alejado al
mostrador de la revista *American Rifleman*. Estaba de
humor de los diablos porque no le alcanzaron los dólares para el rifle semiautomático que quería, así que
cuando nos vio, dijo: "Vámonos, me muero de hambre", y yo encantada porque también me moría de hambre. En la noche le conté a mi mamá lo del recado que
dejaron en mi mesa Eric y Dylan. Ella movió la cabeza como diciendo que no y luego dijo que esos pobres
muchachos blancos viven muy solos, muy desatendi-
dos. Pero yo no lo creo. He visto algunas veces a la
mamá de Eric y parece una ama de casa común y corriente. Ojalá que hoy sí sueñe con Bob y no como
ayer que tuve una horrible pesadilla en la que Eric y
Dylan me encerraban en un cuarto lleno de víboras.

Smalltown, en un día normal de 1999

Querido diario:

Vivir en este país sería la gloria, como dice el profesor Sanders, si no fuera porque los chavales se la viven presumiendo. Hoy Bob estuvo insufrible con sus anotaciones en el partido de básquet. Yo sé que se porta así para convencerme de que sea su porrista, pero eso no lo vuelve más simpático. Menos mal que tengo a mi banda de amigas en la que no necesitamos a ningún tipo para divertirnos. Hoy nos hicimos unos tatuajes en el brazo izquierdo. El de Juanita es un paisaje marino, el de Rosa, un colibrí, el mío, un corazón atravesado por una flecha. El profesor Sanders dice que deberíamos trabajar en La casita del horror de la feria. Es un anciano de cuarenta incapaz de entender lo que nos gusta a los jóvenes. Cada quién su estilo y ninguno nos apantalla, ni siquiera el de Eric y Dylan. Al contrario, nos dan risa sus calacas y sus signos nazis. Sólo Rachel se enoja porque es judía y dice que estúpidos así causaron el Holocausto. Pero yo creo que Eric y Dylan no tienen idea ni de lo que fue el Holocausto, ni de nada. Si se sentaran un día a ver las noticias de Yugoslavia se enterarían de dos o tres cosas, pero no me los imagino haciendo algo inteligente. Ojalá que hoy no sueñe ni con Bob, ni por supuesto con Eric y Dylan, sino con que voy en un avión mirando las nubes.

Smalltown, en el primer día de 1999 con un rayo de sol

Querido diario:

Ahora todos los demás en la casa se preocuparon también con lo de la guerra. Mi papá dice que en cualquier momento pueden empezar a llamar a los de dieciocho. O sea, mi hermano. Todos los días esperamos la hora en que se les ocurra comenzar a llamar a los que están en el servicio militar. Yo, lo que nunca, me he puesto a rezarle a la Virgen de Guadalupe porque una cosa es estar en la guerra como corresponsal y otra muy distinta tener que pelear como soldado. Eso ha de ser lo peor que te puede pasar en la vida. Ojalá que hoy sueñe con Bob como ayer, no importa que no me bese.

Smalltown, en un día de mucho viento de 1999

Querido diario:

Me encanta el cine. Las cosas que pasan en las películas de repente parecen más reales que las de la guerra. Será porque en las películas ves las cosas más

de cerquita y en cambio en las escenas de la guerra te
enseñan todo de lejos. Sólo, pum, cuas, estallidos. Y
por allá a la distancia, las personas. Personas raras,
como de otra época. Las señoras con pañuelos en la
cabeza y las niñas con vestiditos que nosotras no nos
pondríamos ni de chiste. Yo no sé, pero hoy fui con la
banda y Lucy a ver *Masacre total* y estuvo fantástica,
digo, una pesadilla en la que se revientan unos a otros,
pero fantástica. Lo único desagradable es que para
variar nos encontramos a Eric y Dylan. ¿Por qué me
tengo que encontrar a ese par de lunáticos en todos
lados? Es la peor desventaja de vivir en Smalltown.
Esta vez los estúpidos empezaron a coquetear con Lucy
sólo porque Lucy es güera. Pero da la casualidad de
que además de güera, es muy lista y por lo tanto Eric y
Dylan le caen gordísimos. Así que los agarramos de
burla, hasta que se enojaron y se pusieron a hacernos
señas de que íbamos a ver lo que nos esperaba y amenazas de ésas que acostumbran. Nosotras nos caíamos
al suelo de la risa. Por suerte, a la salida ya no estaban.
Así que pudimos regresar tranquilas, aunque no tanto
porque después de la película nos parecía que había
un criminal detrás de cada esquina, que cada sombra
nos atacaría. Y yo de nuevo me regañé por ser tan
miedosa. Mi tarea para este año es quitarme el miedo.
Es parte importante de mi preparación como corresponsal, además de empezar mis clases de chino. Ojalá

que sueñe que estoy en Yugoslavia con mi grabadora, mis audífonos y mi libreta de notas.

Smalltown, en el día más negro de mi vida

Querido diario:

No sé ni por dónde empezar. Mi hermano, mi hermanito, Salvador. Todo lo que he escrito hasta ahora bórralo de tus hojas. Es pura mierda. Cuando te toca en serio, no tiene nada que ver con lo que has imaginado. Ves a Eric y Dylan entrar con unos rifles, y aunque primero crees que es una de sus tonterías y te ríes con la banda, de pronto te das cuenta de que no están jugando, que los rifles son igualitos a los que viste en la Feria de las Armas. Al primer disparo se te quitan por completo las ganas de reir. Quieres correr pero tus piernas no se acuerdan de cómo se corre. Tal vez porque no tienen idea de hacia dónde deberían llevarte. A tu alrededor caen niñas y niños, blancos y negros y como nosotros. No hay un solo lugar libre de niños cayendo. Quisieras pensar pero el griterío no te deja oír tus pensamientos, menos todavía cuando descubres, en medio de la mancha en que se ha convertido la gente, a Lucy tirada ahí en el patio. Entonces dejas de querer pensar, tu mente se queda tan vacía como un cielo sin nubes. Casi no te das cuenta de que tus piernas ya se mueven otra vez y te llevan a Lucy y se doblan junto a ella. Acostada ahí, los ojos se te cierran. Quieren creer que están en el cine. No quieren enterarse de si Lucy está viva o muerta, no quieren mirar las caras furiosas de Eric y Dylan, no quieren volver a mirar el mundo. De pronto, te preocupan tus otras amigas. Deseas con toda tu alma que llegue alguien que detenga a Eric y Dylan y te salve a tí y a los demás. Un adulto. Pero cuando espías por una rendijita de uno de tus ojos, ves al profesor Sanders tambalearse con la camisa empapada, roja, absolutamente roja, y sabes que todo está perdido. En cualquier momento te tocará el turno. Vendrán Eric y Dylan y te meterán una bala en el corazón mientras te dicen: "Para que te sigas burlando de nosotros, *grease*". Porque ése es el tipo de cosas que has alcanzado a escuchar que dicen Eric y Dylan antes de disparar. "Ey, tú, negro, para que dejes de presumir que eres el campeón de básquet". No habías llorado para nada hasta que Eric y Dylan, no sabes quién, dijo eso y no te cabe duda de que están disparándole a Bob. Madre mía, no puedes parar de llorar hasta que de pronto algo adentro te dice que tu única posible salvación es que Eric y Dylan te crean muerta. Lo bueno es que tu cara está de lado, así que es de esperarse que ni Eric y Dylan vean tus lágrimas porque palabra de honor que no puedes detenerlas. No tienes idea de cuánto tiempo pasa antes de que Rosa y

Juanita vengan a buscarte. Dicen cosas que no entiendes pero cuando dicen la palabra Salvador, te levantas como loca y te dejas llevar hasta donde está tu hermano. No lo reconoces. No es él y sí es él porque tiene su mismo pelo lacio y negro. Y negros se ponen el patio y el cielo. Un pedazo tuyo está perdido en la oscuridad. Ya no puedo escribir, perdóname.

Smalltown, tres meses después

Querido diario:

Estamos empacando para irnos a México con mis abuelos. No sabemos si por un tiempo o para siempre porque no sabemos cómo seguir viviendo. Andamos como zombies. Cada quién hace lo suyo, pero hecho un zombie. Cuando alguno de nosotros, mis papás o yo, despierta y regresa a ser de carne y hueso, se echa a llorar. Entonces los demás también lloramos. Pero todo sigue y no se puede detener. Los días, el trabajo de mis papás, las comidas, la guerra, la escuela. Reprobé todas las materias menos español, pero como fue un reprobadero general, nos dieron chance de repetir los exámenes y me saqué unos seises. Con lo que de plano no pude fue con biología. Apenas veo una célula y la cabeza se me va al profesor Sanders y del profesor Sanders a Lucy y a Bob, y a mi hermanito. Al momento en que lo pusieron en una camilla, antes de que lo cubrieran con la sábana, yo quise darle un beso pero no me atreví. La psicóloga dice que tengo que sacar el enojo, pero contra quién si Eric y Dylan también están muertos. Ni modo que contra sus mamás, como hacen las demás de la banda. A mí esas mamás me dan lástima. ¿Contra las películas como *Masacre total*? ¿Contra la Feria de las Armas? ¿Contra la guerra en Yugoslavia? Yo lo único que sé es lo que dije en mi composición para el examen de español: "Siempre creí que la guerra estaba lejos y que yo tendría que viajar para cumplir mi sueño de ser corresponsal, pero este año la guerra llegó a Smalltown y aterrizó justo en el patio de mi escuela. Eric y Dylan se convirtieron en soldados enemigos, mi hermano con otros doce adolescentes y el profesor Sanders, en víctimas, y yo, en una de esas personas sobrevivientes que salen en la tele, una de esas niñas tristes tristes".

Había una vez...

Rosina Conde

Rosina Conde, originaria de Baja California, se ha dedicado a la loable profesión del multiusos. Durante su adolescencia se capacitó como taquimecanógrafa, y, a escondidas de su padre, estudió cocina y corte y confección. Después de terminar la preparatoria se trasladó a la ciudad de México a estudiar Letras Hispánicas en la UNAM. Ha sido cajera, recepcionista, secretaria ejecutiva bilingüe, costurera, traductora, editora, profesora de secundaria y preparatoria, periodista y maestra universitaria. Actualmente canta con el grupo de blues "Follaje" y realiza el vestuario de la multifacética cantante Astrid Hadad. Tiene diez libros publicados en los que trabaja, entre otros temas, los problemas de la mujer en el ámbito laboral dominado por el hombre, especialmente, en el de la industria maquiladora. Desde hace seis años forma parte del grupo multidisciplinario "Los Comensales del Crimen". En 1993, obtuvo el Premio Nacional "Gilberto Owen" en la categoría de cuento con su libro *Arrieras somos...*

▌▌ Había una vez, en un país muy, muy, pero muy lejano, una doncella llamada Obdulia, quien, desde niña, había sido educada para convertirse en la esposa del rey Abdul, al que apodaban el Mano de Hierro."

La profesora interrumpió la lectura de Miriam.

—¿Por qué tienes que repetir tantas veces el "muy" y el nombre de tu personaje?

—Es que quiero dar a entender que están algo así como en otra galaxia, miss.

—¿Y qué tiene que hacer aquí otra galaxia?

—Bueno... en las películas...

—Señorita —interrumpió la profesora—, este no es un curso de guionismo.

Miriam la vio nerviosa y no se atrevió a responder. Al ver que titubeaba, la profesora señaló:

—Cuando no tenga argumentos para sostener una frase, elimínela. Además, ¿cómo se le ocurre ponerle Abdul al rey, si ella se llama Obdulia? Esa es una cacofonía, y la repetición de sonidos suena muy mal.

—Es que, más adelante va a haber una superposición de...

—No me interesa lo que vaya a suceder más adelante. Le estoy diciendo que es cacofónico y punto.

—Pero si no he pasado del primer párrafo, miss —replicó Miriam.

—¡Ya sé que no ha pasado del primer párrafo! —respondió la profesora molesta por el atrevimiento—. Pero un texto es un texto y debe ser explícito desde el primer momento.

—Pero este no es cualquier texto: usted nos pidió un cuento, y en...

—¡Yo sé lo que pedí!

—Sí, maestra —respondió Miriam con sumisión, y bajó la vista para posarla nuevamente en la hoja de su cuaderno—. "Como en su país reinaba la tristeza, al grado de que los pastos no reverdecían ni las flores se abrían, en su idealismo, Obdulia se había fijado como meta hacer cambiar al rey cuando se casara con él. Por fin, después de varios años de espera, llegó el ansiado día de la boda."

La maestra volvió a interrumpirla.

—Eso es contradictorio. ¿Cómo va a hacer cambiar al rey, si lo que quiere es casarse con él?

—Es que... es que... —titubeó Miriam.

—Ya deje de decir "es que".

—Sí, miss —dijo Miriam diligente, y luego cambió el tono de su voz—. Recuerde que el romanticismo es idealista.

—Yo sé lo que tengo que recordar, y una joven romántica lo que único que espera es ser amada por su marido. Y cuando una está enamorada, en lo que menos piensa es en hacer cambiar al hombre que ama, que por algo se enamora una.

—Sí, miss, pero es que ella...

—¿"Pero"? ¿Usted qué sabe de eso? ¿Cuándo ha estado enamorada?

—Nunca, miss —respondió Miriam lanzando un suspiro.

—¿Entonces, cómo puede hablar de los sueños de una joven romántica? Una habla de las cosas que conoce, y si usted nunca ha estado enamorada, no sabe lo que es el amor. El amor es entrega, es devoción. Una se entrega a su hombre incondicionalmente, sea como él sea o lo que sea, no con la idea de hacerlo cambiar.

—Sí, miss —respondió Miriam y continuó—. "Obdulia nunca había visto al que sería su marido, sino de lejos, desde el balcón de su dormitorio, cuando el enigmático rey salía a recorrer las calles de su reino en los desfiles del Día de Independencia. Y esa mañana, cuando lo vio venir hacia ella en la ceremonia nupcial, le pareció más joven de lo que le habían contado que era, y creyó ver en él una mirada por demás familiar."

—¿Cómo va a serle familiar la mirada de un hombre que dice que no había visto, sino de lejos? Sólo que sus miradas se hubieran cruzado en algún momento; pero en ninguna parte ha dicho usted que sus miradas se cruzaran.

—Hace un momento le dije que va a haber una superposición de...

—¡Es que nada, señorita Miriam, no puede usted hablarme de algo cuya información no manejo!

—Pero si todavía no conoce el cuento, miss —dijo Miriam un poco desesperada, tratando de controlar el tono de su voz que empezaba a quebrarse.

—No necesito conocerlo para darme cuenta de antemano que es absurdo.

—¡Es que no me ha dejado terminar!

—¿Y cómo la voy a dejar terminar, si su cuento está lleno de incoherencias?

Miriam no hizo caso y continuó.

—"Por medio de una bruja, Obdulia se había enterado que Abdul..."

—¡Y dale con los nombres cacofónicos! Ya le dije que los cambiara. ¡Siéntese!

—Espérese a ver qué pasa, miss —reclamó Miriam.

—Dije que se sentara. No me interesa escuchar tanta bobería; jovencitas románticas que pretenden hacer cambiar al rey, y que ven en él una mirada familiar. ¡Ja! Y que se llaman igual...

—Pero es que todavía no sabe qué va a suceder...

—Ya le dije que no nos importa lo que sigue. De seguro, su cuento es igual a todos esos que empiezan con "Érase una vez..."

—¡Claro que no!

—En esos cuentos las mujeres no cuentan, valga la redundancia.

—Pero es que ella quiere salvar al reino, miss —se atrevió a decir Beatriz.

La profesora volteó a verla con ojos de lince.

—Nadie pidió su opinión, Beatriz. ¿Ya leyó el cuento?

—No, pero...

—¿Entonces...? —la profesora la miró con una mueca de enfado—. ¿Cómo puede dar su opinión si no lo ha leído? —Y luego alzó los brazos mientras hablaba—. ¿¡Salvarlo, de qué, por Dios!? Si, por el contrario, a un pueblo hay que salvarlo de un gobernante pusilánime.

—Pero ella dijo que le dicen "Mano de Hierro".

—¿Y eso qué, Beatriz?

—Es que es un rey que tortura a su pueblo, lo explota, lo...

—¿De dónde saca usted eso, si dice que no lo ha leído?

—Pero una lo intuye... Si no, qué caso tendría llamarlo así, y decir que el pasto no reverdece y las flores no florecen.

—Pues si trata de eso, no me interesa, que no estamos en clase de política.

—¡Pero este no es un cuento de política, es un cuento de amor!

—¡Yo no sé qué tenga que ver una cosa con la otra! Además, ya le dije que su texto suena muy trillado —y agregó con tono sarcástico y alargando la frase—; eso de empezar con que "en un país muy, muy, muy, muy, pero muy lejano". ¿Quién le pidió un cuento fantástico? ¡En otra galaxia! ¡Hágame el favor! Eso es para locos que creen en extraterrestres y cosas sobrenaturales.

Miriam sintió un nudo en la garganta.

—¡En un cuento puede pasar cualquier cosa! —exclamó Miriam con los ojos crispados—. En un cuento, los personajes pueden morir y revivir, volar y desaparecer, hacerse chiquitos y...

—¡Hay de cuentos a cuentos! Esta es una clase seria.

—¿Y qué tiene que ver? Igual se trata de ejercitar la imaginación y de controlar la...

La profesora volvió a cortarla en seco.

—Precisamente de eso se trata —aclaró la profesora con tono de advertencia—, de controlar nuestra imaginación para no andar pensando cosas absurdas. ¿Cómo van a ser científicas... o maestras... o administradoras... o investigadoras, si andan con ideas fuera de la realidad? Tienen que se objetivas.

—¡Pero la literatura no tiene por qué ser objetiva! —exclamó Paquita.

—Aquí no estamos discutiendo qué es la literatura. Esta es una clase de redacción.

—¿Y por qué nos dejó escribir un cuento, entonces?

—Porque es más rápido y más fácil.

—¡Qué…! —brincó Eugenia de su asiento—. ¿¡Quién dice que es "más rápido y más fácil"? A mí me llevó toda la semana, y anoche no dormí tratando de escribir.

—Señoritas, con la imaginación que ustedes tienen… —dijo la profesora sarcástica.

El grupo empezó a alterarse y las jóvenes empezaron a discutir.

—¡Silencio! —gritó la profesora al ver que empezaba a perder el control de la clase—. ¡Esta es una clase de redacción, que les quede claro! Y mi obligación es enseñarlas a pensar con objetividad.

—¿Y en qué se contradice el pensar "con objetividad" con el hecho de que el cuento de Miriam sea fantástico? La ciencia-ficción también es fantástica y a la vez objetiva, al igual que muchos cuentos de Borges o Cortázar.

—¡Esos no son sino absurdos! Es una tontería creer que un periódico deja de ser un periódico para convertirse en un montón de letras. ¡Ya veo yo un montón de letras encima de una banca que, de pronto, se convierten en periódico y viceversa!

—¡Es obvio que se trata de una alusión, miss, de una metáfora! Ya sabemos que el periódico no se convierte en un montón de letras, que, a su vez, se van a recomponer en un periódico. Lo que quiere decir Cortázar es que un montón de letras no cumplen con su función de periódico, sino hasta que se leen.

—Esas son boberías.

Todas callaron resignadas ante el hermetismo de la profesora. Miriam, quien seguía de pie, se armó de valor y preguntó:

—¿Me permite seguir leyendo?

—Pues no sé qué caso tenga; pero sígale... —contestó la profesora con un tono de resignación fingido—. Luego no vayan a decir que no les doy oportunidad de hablar. ¡Yo no entiendo estos métodos modernos de enseñanza que la obligan a una a darles la palabra! En mis tiempos, qué esperanzas que yo contradijera a mis maestros. ¡Es más, una no tenía derecho siquiera a hablar en clase!

Miriam no se dio por aludida y reanudó su lectura. Sus compañeras pusieron atención.

—Repito: "Por medio de una bruja, Obdulia se había enterado de que Abdul tenía más de quinientos años, y conservaba la juventud gracias a un elíxir que hacía traer desde la Cúspide del Tiempo Eterno, el cual tenía que beber en su noche de bodas antes de dar el primer beso a su joven esposa. Al besarla, por efecto del líquido, el rey se nutría de la juventud de la doncella, quien, con el paso de los días, se iba secando hasta quedar marchita como una flor que ha perdido su esencia de vida."

—¡Tiempo Eterno, quinientos años, por Dios! —gritó la profesora dando un palmazo en el escritorio.

Miriam no contestó y siguió leyendo.

—"Ya avanzada la fiesta de la boda, Obdulia pidió permiso para recogerse en su habitación. El rey se lo otorgó, advirtiéndole que en menos de una hora estaría con ella. Una vez en su recámara, Obdulia se paró en la ventana, y una paloma mensajera llegó volando. 'Vuela a la Cúspide del Tiempo Eterno', le ordenó mientras le ataba un papel lacrado a la pata, 'y trae el elíxir del Soy pero no Soy'. Y la paloma emprendió el vuelo. Dicho esto, Obdulia abrió un pequeñísimo compartimento que se hallaba bajo la piedra de su anillo, y vertió en un crisol el veneno de Tiempo Presente que la bruja le había preparado especialmente para esa noche."

—¿Pues no que iba a hacer cambiar al rey? —preguntó la profesora.

Miriam no hizo caso.

—"Pensó: 'Este veneno lo mezclaré con el líquido que me traiga la paloma, y cuando el rey bese mis labios, su elíxir se confundirá con el mío. Entonces yo moriré, para reencarnar en él'. Minutos después, la paloma llegaba con el preciado líquido."

—¿Minutos después...?

—Recuerde que en la literatura fantástica —explicó Miriam enfadada—, la relación tiempo-espacio-realidad no existe.

—¿Y usted en dónde aprendió eso? —dijo la profesora fingiendo asombro.

—En los cuentos, miss —respondió Miriam, y antes de que la profesora pudiera objetarle algo, continuó—. "Obdulia mezcló el veneno con el líquido, y justo cuando entraba el rey, lo vertió bajo su lengua. Abdul se le acercó y la tomó por los hombros. Contrario a sus costumbres, y sin explicárselo él mismo, le dijo titubeando: 'Realmente eres una mujer muy hermosa, y me atrevo a decírtelo porque hay algo en tu mirada que me perturba con cierto halago; es como si nos conociéramos de toda la vida.' Obdulia sonrió seductora. 'Es... casi, casi, como si fuéramos la misma persona.' Los labios de Abdul y Obdulia se acercaron, y ella sintió cómo un líquido dulzón era inyectado en su boca", un líquido —aclaró Miriam—, con un sabor muy parecido al del néctar que, por travesura, le chupamos a las flores para ganarle a las abejas que rondan nuestro jardín —y continuó leyendo—. "Obdulia, a su vez, inyectó en la boca del rey la mezcla que celo-

mente guardara bajo su lengua. '¡Qué es esto!', gri-
.... escupiendo al darse cuenta de que Abdulia
.... traatacado. 'Es el elíxir del Soy pero no Soy,
.... con veneno de Tiempo Presente'. Entonces,
Abdul comprendió. 'Ahora veo por qué me parecías
yo mismo', respondió, y en ese instante, Obdulia cayó
muerta en sus brazos."

—¡Oh! —gritaron las compañeras de Miriam de-
cepcionadas.

En ese momento, sonó el timbre. Todas fijaron la
vista en Miriam angustiadas, incluso la profesora. Se
apresuró a terminar.

—"El rey se asomó por la ventana, y con agrado
vio cómo los pastos reverdecieron y las flores se abrieron. Los súbditos, en ese instante, entendieron que esto
había sido su obra, pero sin saber por qué. Desde entonces, sin que nadie le dijera una sola palabra a nadie, y sin que se firmaran acuerdos ni actas, el rey fue
bautizado como Obdul."

—¿Y eso es todo? —preguntó la profesora.

—Sí, miss.

—Muy bien. Tiene usted diez —le dijo cambiando
el tono de su voz.

—¿¡Qué...!? —preguntó Miriam con un grito.

—¿Está usted sorda o qué?

—No, no, lo que pasa es que...

La profesora guardó sus libros en su portafo...
lo cerró. Miriam y sus compañeras la mira...
ñadas. La profesora echó a andar rumbo ...
todas vieron cómo, a medida que avanzab...
cogiendo y cómo, a cada paso que daba, se iba haciendo pequeñita hasta desaparecer tras la puerta.

La función de la maestra había terminado.